狂言太閤記

柳沢新治

狂言太閤記

カバー装画　柳沢新治

まえがき

能や狂言の台本は、ふつう読まれるものではありませんし、わかりにくいものですが、本書の新作狂言と新作能は、読み物として楽しんでいただけるでしょう。新内、中編の歴史小説、それぞれ面白く読んでいただけること疑いなしという自信作？です。

「狂言太閤記」は、秀吉がらみで書いた新作狂言で、今回の出版に当たり五話からなるシリーズものにしました。古典の狂言に出てくる有名な人物は、六歌仙・為朝・絵師金岡など平安時代の人ばかり。秀吉ならだれでも知っているしエピソードも多く、いままで狂言になっていないのが不思議なくらいです。

「新作能三番」は、これまでに書き溜めたものから選びました。「平泉 義経最期」は、平泉が世界遺産に選ばれたこと、「支倉常長」は常長がメキシコからスペイン・ローマへ行った年から四百年と、それぞれ時宜に合ったものでしたが、上演されることもないままに時が過ぎてしまいました。「修善寺物語」は、歌舞伎の脚本が原典ですが、能の方が場面転換が自由で面白いかも知れない、比べて見ようと思って書いたものです。いずれも当面上演される見込みはありませんが、どんな舞台になるか想像しながらお読みいただければと思っています。

「新作新内—隅田川心中」は、まさか新内まで書くことになろうとは我ながら意外でしたが、録音に立ち会って耳慣れていたことから、やって見て何とかまとまった（新内仲三郎さんのおかげで）ものです。心中物ではありますが、ハッピーエンドです。

小説はいくつか書きました。出版されたのは『北七太夫夏の陣』（東洋書院）だけですが、愛着のある作品として今回「かぶき踊り 采女草紙の女」を書き直しました。秀吉の朝鮮出兵と小西行長の行動、関ヶ原の戦い、家康の切支丹禁制などの動かせない歴史的事実、そこに日本と朝鮮の若者の悲恋をからませ、それを推理小説仕立てにするという欲張った構想。仕上げるのに二年かかりました。結果として今日の日韓関係にもつながる作品になりました。

もともと文章を書くのは好きで、高校・大学では新聞部で記事を書いていました。就職してからも、ナレーションなどの原稿を書く機会は多く、雑誌に原稿を書いたりもしました。そんなことで、出版のあてもなく書き溜めた小説、ノンフィクション、さらに仕事柄、これなら自分にも、と思いあがって書いた能・狂言など、いくつか溜まりました。間もなく八十歳、しめくくりにまとめることにして見直し、書き直す。たのしい作業でした。

何か書くなら、現代的な意味、しっかりした骨がなくてはいけないと言われます。一方、骨だけの料理が食えるか、という反論もあるわけで、おいしく、面白くてどこかに軟骨くらいはある、というのが良いのではないでしょうか。立派な理屈を言えるほどの人間ではありません。

まずは、いくらかでもお楽しみいただければ望外の喜びです。

出版にお力添え下さった檜書店の檜常正社長、編集の纐纈典子さんにお礼申し上げます。

二〇一五年十一月一日　七十九歳の誕生日に

柳沢　新治

目次

◎年とってくると、人間には二種類しかないことがわかってくる。ユーモアのセンスのあるやつと、ないやつのね。

ロバート・モス『スパイたちのカーニバル』文春文庫

◎ルールが変わったのだ。われわれの問題は、われわれ自身が変わらなかったことにある。

ジョン・ル・カレ『誰よりも狙われた男』早川書房

◎時間を浪費するのはたやすい。買い戻そうとするときに初めて、人はその法外な金利に驚くのだ。

宮部みゆき『楽園』文春文庫

狂言太閤記

この太閤記シリーズは、全五編でまとめたが、それぞれ独立して上演してもよいように作ってある。しかし、二編か三編を連続して上演すれば、それはそれで面白さが増すであろう。その場合、前作のエピソードをからめた方が楽しいので、そのような部分が組み込んである。二作あるいは三作を一度に上演する場合は、重複するエピソードは削除あるいは簡略化することを前提としている。名古屋弁か三河弁を、独り言や思い出に浸るときなどで少し使ってもよい。

このシリーズは、作者柳沢が豊田市市民文化賞を頂戴したその記念に、地元の英雄を主人公とした新作狂言を上演しようという話から誕生した。平成二十七年十二月十二日豊田市能楽堂において、一・二・五の三話を一括上演する。二話は改訂初演、他は初演。京都茂山家の皆さんに、まとめて面倒を見ていただくことで実現にいたっており、感謝している。

狂言には独特の言い回しや表現法があり、役者の身体に沁みこんでいる。過去の例からも明らかだが、新作も、実際に上演される段階で、脚本とは違ったところが出てくるに違いない。それによって、より狂言らしく洗練され、育ってくれれば素晴らしい。

【第一話】

日吉丸出世占い

時　一五四五年頃
所　尾張・熱田神宮門前の街道筋
人物
シテ　占い師「居杭」の算置より若いが同装、黒ひげ
子方　日吉丸　みすぼらしい田舎者風。袋を背負っている
アド　通りがかりの男　定形の人物

シテ　これは天下に隠れもない占いの上手でござる。尾張熱田の街道に出でて占いをいたす。今日も良い天気でござるによって店を出そうと存ずる。まずそろり〱と参ろう。まことに、我らが占いの有難さは、人の来し方行く末、さだめの向かうところ、一つとして知れぬということはない。というても、ただ書物を学んだだけではならぬ。長ーい修業を要する商売でござる。
いや何かと言ううちに上下の街道に参った。まず店を出そう。

（袋から布を出して広げ、算木《さんぎ》・筮竹《ぜいちく》など置きながら）

まことに、易、占いと申すものは、遠ーい古《いにしえ》、唐《から》の国にて生まれた学問でござる。かの『四書五経』と申す尊い教えの、その五経の第一が『易経』と申す易学の書であると知れば、いかに有難ーいものか知れると申すものじゃ。

（書物を押し頂いて）

これなるは、その有難い『易経』に陰陽道の知恵を加えた、我らが頼りとする秘伝の書でござる。これさえあれば、何にてもあれ、知れぬということはござらぬ。

さて、誰ぞ来ぬかの。（アド出る）

アド　（一の松で、腹を押さえ）このあたりの者でござる。毎日、市に出でて商いをいたすが、このところ何やら腹が痛うてならぬ。今日は市を休み、帰って休もうと存ずる。そろーり〳〵と参ろう。（常座へ）

シテ　これこれ、そこな人。そなた顔色が悪しいが、どこぞ具合が悪いと見ゆる。占って進ぜよう。

アド　何じゃ、占い？

シテ　なかなか。

アド　ハハア、すればそなたがあの名高い易者どのでござるか。
シテ　身どもを知ってか。
アド　そなたの占いはよく当たるというて評判じゃ。
シテ　いや、それほどでもあるまいが。ウハハハハ。
アド　（外して）お世辞に弱い人じゃ。自分のことは占えぬと見ゆる。
シテ　何ぞおしゃったか。
アド　いやいや、こちのことじゃ。折角じゃが、身どもは占いはやめておこうと思う。
シテ　それはなぜに。
アド　そなたは占いの上手じゃによって、身どもの腹が痛むを知れば、病の先がどうなるか、分かるであろう。
シテ　いかにも分かるであろう。
アド　すれば、身どもが明日にも死ぬる！　と見立てるやも知れぬ。
シテ　いかにも見立てるやも知れぬ。
アド　身どもは、何時死ぬるか、知りとうないによって、占いはせぬ方がよい。
シテ　ここな人は。なにしにそのようなお客の嫌がることを言おうぞ。

よいようにつくろって申すわいやい。

アド　それそれ、それお見やれ。それでは占うてもろうても何の役にも立たぬ。やはり身どもはやめておく。さらばさらば…。

シテ　ア、これこれ、お待ちやれ、お待ちやれ。去んでしもうた。どうもわしは正直でいかん。易の書より商売の仕方の書物を読んだ方が良さそうじゃ。

イヤ、誰も通らぬ。退屈じゃな。子供でもよい、ヒマつぶしに見てやろうものを…アーア（あくび。子方出る）

子方　日吉丸と申す者でござる。某の家は貧しい水飲み百姓でござるによって、暮らしの助けに、針を売って歩きまするが、世の中不景気で、どうも売れませぬ。腹は減るし、お先まっくらでござる。イヤ、少しでも歩き回って売らねばならぬ。（歩き出す）

まことに〝家貧にして孝子出ず〟とか申すが、もそっと金持ちの家に生まれとうござった。さすれば、友達とも遊べたであろうものを。この先、いつまでも針を売って歩くこともなるまい。なんとしたものであろう…。

シテ　ホ、若い者が来た。あれをつかまえよう。これこれ、そこな若い者、若い者。

子方　身どものことでござるか。何でござる。
シテ　チトこちへござれ。そなたの行く末を占うて進ぜよう。
子方　それはかたじけないが、身どもは銭はもたぬぞよ。
シテ　なんじゃ銭がない。ホ、占い師でなくとも、それは見ただけで分かるわい。ま、暇つぶしじゃ、銭はいらぬ。
そなた、生まれはどこで、名は何と言うぞ。
子方　生まれは尾張中村、日吉丸という名じゃ。
シテ　日吉丸とな。ずいぶん良い名じゃが、謂ればしあるか。
子方　母じゃ人の申さるるには、天からお日様が落ちて、わが腹に入ったとみればそなたを身ごもったによって、日吉丸と名付けたとじゃ。
シテ　ハハハ。唐土の帝王にてもあらばそのような大きな話も聞くが、そなたのような貧乏なガキが…イヤこれは失礼。
まず人相を見て進ぜよう。ウーム、見れば見るほどサル（若者ジロリとにらむ）…さるお方に似たものじゃ。占いは人の相は見るが、サルの相は…。
シテ　オ、手相を見よう。まず左手を出しなされ。（見て）ハテ、このようなことが、あるはずはないが…。み、右手を出しなされ。

（急に真剣になって）これはいかなこと…。（絶句する）

子方　何としたぞ。

シテ　信じられぬ。（自分の掌を若者に見せて）

よいか、この線じゃ。これは人の行く末、命運を示す線じゃが、普通はこんなものじゃ。しかるに（若者の掌を見て指しながら）そなたの線は、たなごころから中指の先まで、ツーッと通ってある。わしはこれまで見たことがないが、これはまことに稀な吉相のはずじゃ。チトお待ちゃれ。（慌てて秘伝の書を開いて）確かに書いてある。これは千万人にも稀な瑞相、両手ともならば、（仰天して）ナ、ナント、何と…。

子方　何と？

シテ　何と

子方　何と？

シテ　何と、天下を取る相じゃと…。

子方　なんじゃ？　天下を取る相じゃと？

アノ、身どもがや？

シテ　イヤイヤ、そなたのようなガキには当たるまいぞ。

子方　その冊子に書いてあるのじゃな。ハハア、すれば身どもは天下を取るか。イヤ、それだけ聞けば十分じゃ。もうこう参る。天下を取ったらたっぷりと礼をしようぞ。

シテ　アア、それはありがたい…イヤ何を申す。そなたのようなガキが天下など…。

子方　さらばさらば。天下じゃ、天下じゃ……。（踊りながら去る）

シテ　（見送って）アーア。易・占い信じがたし。師匠にも教えられ、この秘伝の書にも記された、千万人に一人、天下を取ること疑いない吉相が、あのガキに顕れておった。あの猿面冠者が天下を取る…（笑う）。お天道様が西から上がろうとも、そんなことは起こらぬわい。イヤ、易というものは当たらぬものじゃということが分かった。男の一生を懸けるに値せぬ。この道具一式ここに捨ておいて、新たな仕事を探しに参ろう。（立つ）というて、やみくもに歩いてもせんないことじゃ。何としょう。そうじゃ、将来出世する人について行けば、いずれ身どもも出世するというものじゃ。そのようなお人を探そう。いずれ天下を取るような人はいないかしらん。（客席を見廻して首を振り）天下…（若者の去った方を見て）あの若者…そうじゃ、あの若者について行こう。オーイ、若い衆、待っておくりゃれ！

（一の松まで行って急に止まり、間）

イヤイヤ、身どもは矛盾した。あのような猿面冠者に天下が取れるはずはないゆえに、占いをやめたのではないか。それをなんぞや、あの若者について行こうとは。ハハハハハ。（もとの座へもどり）

身どもは二十年修業した。人を見る目に狂いはない。あのようなみすぼらしいガキが天下…（手を見て）ここからここへツーッと…、確かに無類の吉相が…しかも両手…（アゴを撫で、書物を取り上げ）易、占いは唐の国にて二千年の昔より、孔子さまはじめ、聖人君子、大学者の知恵を加え練り上げて参ったものじゃと申す。身どもの修業は二十年。二十年と二千年、二千年と二十年…。

（幕の方見て、書物を見、また幕見て立膝になり）

二千年…。（立って常座あたりまで行きかけるが止まり）イヤイヤ、身どもとて二十年死に物狂いで修業してきた。あのようなガキが天下を取るはずはない、ない！ない！！！…。イヤ、世には信じられぬことも起こると申す。（戻り、あわてて算木を取り）なんとすべきか、占って見よう。この年月の修業も斯様な時のためではないか。我が家に伝わる天狗の投げ算、当たるも八卦《はっけ》、当たるも八卦！

（「居杭」同様に。算木を並べ、書物見て）

水、風に交わらず平かなり。フム、この卦は、平たく言えば〝待てば海路の日和あり〟

あるいは、〝せいては事を仕損ずる〟

ウーム、ごもっともじゃが。ゆっくり待ってはおられぬ。も一つ投げてみょう。（同）

火、風に乗るきざしあり。これすなわち、〝善は急げ〟

どうしたらいいのじゃ？

エイ、も一つ投げて決めよう。これが最後じゃ。（同）エイ！

地に火、まさに起こらんとす。すなわち、〝後悔先に立たず、迷うな！〟

（パッと立って幕へ向かい）

オーイ、若いお方、お待ち下され。ハテ、どちへ参られたぞ。もーし天下様、お待ち下され、日吉丸様、天下様、お待ち下され…。（退場）

【これが私の人生だ。いつも一日遅く、一ドル足りないのだ】
（ローレンス・ブロック『皆殺し』の私立探偵マット・スカダーの言。田口俊樹訳・二見書房）

太閤秀吉にはさまざまなエピソードが伝えられているが、その一つによる話。もとより真実か否かは不明だが、秀吉の出世の原動力に、この占いがあったかも知れないと思えば興味深い。古典狂言に「居（井）杭」という作品があり、参考にした。

水天需　すいてんじゅ　心を安らかにして待てば吉報あり
火天大有　かてんたいゆう　実力があるので進んで吉
地火明夷　ちかめいい　断固たる処置をとるがよい。迷うと損する。

これは井田成明著『増補現代易入門』の説明。今回の新作のために参考にさせてもらった。都合のいいところを言い換え、ことわざに置き換えて用いたが、当たらずといえども遠からず、狂言としてお許し願いたい。とは言え転用の責任は作者にある。運命線という言葉は中世の日本では使われていないだろうが、わかりやすくするために類似の表現を用いた。

【第二話】

藤吉郎の縁談

時　永禄三（一五六〇）年秋。桶狭間の戦い後のある日
所　織田信長の城下・清州
人物　シテ　前田犬千代　藤吉郎の朋輩、後の前田利家
アド　ネネ　浅野長勝の次女、後に藤吉郎の妻
アド　ヤヤ　ネネの妹、後に浅野長政（養嗣子）の妻

（シテ、ヤヤ出る。シテは名乗り座、ヤヤは笛座）

シテ　これは、尾張の国・織田信長様にお仕え申す、前田犬千代でござる。わが殿信長様、駿河の太守今川義元公を桶狭間の合戦で討ち取りたまい、家来一同安堵し悦びおることかぎりもござらぬ。めでたい折とあって、嫁取り・婿取りの話があちらでも、こちらでも進んでござるが、ここに思わぬことが起きてござる。身どもが朋輩に、藤吉郎と申す者がござるが、〝浅野様のネネどのを嫁にしたい、つい

てはそなた、ネネどのとの仲をとりもってくれい〟と申す。
〝嫌じゃ！〟と申したれども、あの男は口が達者で、とうとう丸め込まれて引き受けてしもうた。まことに迷惑・不本意なれども、致し方ござらぬ。これより浅野様のお宅をたずねようと存ずる。まず、そろり〳〵と参ろう。
イヤまことに、ネネどのは器量よし、気立てよし、評判の娘御じゃ。それに引き換え、藤吉郎は殿から〝猿、サル〟と呼ばれる醜男。ネネどのがあの猿面冠者の嫁になること、承知なさる気遣いはないとは存ずれども、声だけはかけずばなるまい。あーあ、我ながらお人好しじゃなあ。

ヤヤ　イヤ何かというううちに浅野様じゃ。まず案内を乞おう。（常の通り）

シテ　これは前田様。ようおいでなされました。

ヤヤ　これはヤヤか。しばらく見ぬ間に、見目好うなったのう。

シテ　前田様ー（照れる）

ヤヤ　今日はネネどのにお目に掛かりとうて参った。（ヤヤがっかりする）
おいでかの。

ヤヤ　姉さまはただいま叔母さまのところに参っておりまする。呼んでまいりましょうか。

シテ　（考えて）そうじゃ。身どもからはチト聞き辛いことじゃによって、そなたからネネどのにきいてもらうといたそうか。

ヤヤ　何事でございましょう。

シテ　じつは、ネネどのを嫁に欲しいという男がある。いかがなものか、ネネどののお気持が知りたい。

ヤヤ　まあ。姉さまをお嫁にとな？　してそれはどなたさまで？

シテ　藤吉郎じゃ。

ヤヤ　サルどの！（プッと吹出すのをこらえて）これは意外なお申し出ではございますれど、承知いたしました。さっそく聞いてまいりましょう。暫く奥にてお待ちくださいませ。

シテ　心得た。（入れ替わってシテはワキ座、ネネは常座）

ヤヤ　ハハハハハ。猿どのとは。ハハハハハ。姉さまもきっとびっくりなされよう。それにしても、このようなお役を引き受けなさるとは、犬千代様はよいお方じゃ。まことに御立派で、お優しうて…。その上今日は〝ヤヤか。しばらく見ぬ間に、見目好うなったのう〟と申された。嬉しい！
さあ、急いで参りましょう。

ネネ　（幕に向いて）姉さま、ござりまするか。
ヤヤ　（出て）ヤヤではないか。何としました。
ネネ　犬千代様が参られました。
ヤヤ　ほ、前田様が参られたとな。して、何と仰せられました。
ネネ　〝ヤヤか。しばらく見ぬ間に、見目好うなったのう〟と。嬉しうございます。
ヤヤ　ほう。そう言われたが嬉しいとて、わざわざ参ったか。
ネネ　違いました。姉さまに物を聞いてくれとのことでございました。
ヤヤ　私にや？　何事であろう。
ネネ　猿にお嫁入りする気があるか、とのことです。
ヤヤ　なんじゃ？　猿に嫁入り？
ネネ　違いました。藤吉郎様にです。
ヤヤ　猿どのの嫁にならぬかと？　前田様が、私に、あの猿どのの嫁に行かぬか聞いてくれとおしゃったのじゃな？
ネネ　（一瞬考えるが）いかにも。
ヤヤ　（考える）ヤヤ、ちょっと待っておくりゃれ。

ヤヤ　はい。

ネネ　（位置を変え）これはいかなこと。前田様が、あの猿どのに嫁に行かぬかと仰せられた。（茫然として、突然泣く）

私は犬千代様をお慕いし、犬千代様も私を好いてくださる、いつかは犬千代様のお嫁に、と信じておったに、なんと、猿どのの嫁になれとは。私のことなど何とも思うておられなんだのじゃ。片思いであったとは。（泣く。顔を上げて）

猿どの…藤吉郎様…面白いお人じゃ。

そういえば、父上が仰せられたことがある。あの藤吉郎様が酒盛りの席で、〝身どもが若い時、占いの上手が手相を見てくれての、そちは天下を取る相があると言うてくれた〟とおしゃったげな。皆の衆が転げまわって笑ったそうじゃ。じゃが父上は、〝あの男は見どころがある、信長様が出世なされば、あの男も小さい城の一つなりと、もらえるやもしれぬ〟と仰せであった。（考えて）

よいわ。猿どのの嫁になろう。ハハハハ（泣き笑い）。犬より猿じゃ。犬は誰ぞにくれてやろう。そういえばヤヤは犬千代さまが好きそうな。私がいなくなれば、ヤヤが犬千代さまの嫁になれるやも知れぬ。これも可愛い妹のため。あきらめましょう。

ヤヤ　ヤヤ、待たせました。前田様にご返事してたもれ。ネネは藤吉郎様の嫁になりますとな。姉さま、まことでございますか。

ネネ　まことじゃとも。ついでに前田様に申し上げてたもれ。〝前田様も、そろそろ嫁取りなされませ、ついては、このヤヤはいかがでございましょう〟とな。

ヤヤ　姉さまー（ヤヤ照れる。二人で笑う。微妙な笑いの違い）

ネネ　前田様をお待たせしてはなりませぬ。早う返事を申し上げてくだされ。

ヤヤ　心得ました。（ネネは幕へ涙を隠しつつ、ヤヤはウキウキと常座へ）

ヤヤ　このヤヤはいかがで…。申し申し前田様、ただいま戻りました。

シテ　ヤヤ、戻ったか。して、ネネどのは何とおしゃったぞ。さぞかし、猿どのへは参りませぬとおしゃったであろうなあ。

ヤヤ　いえいえ、姉さまは、藤吉郎様のところへお嫁に参りますと申されました。

シテ　なんじゃ？　猿のところへ嫁に行くと？

ヤヤ　いかにも。

シテ　それはまことか？

ヤヤ　はい、まことでございます。それから姉さまは、ついでに前田様に申し上げてくれとおしゃいました。

シテ　身どもにや？　何とじゃ？

ヤヤ　エヘヘヘ（照れる）

シテ　笑うておっては知れん。何とおしゃったぞ。

ヤヤ　〝前田様も、そろそろ嫁取りなされませ。ついては、アー、ついては〟

シテ　ついては？

ヤヤ　〝このヤヤはいかがでございましょう〟

シテ　！

ヤヤ　言うてしもうた、恥ずかしや、恥ずかしや…。（ヤヤは幕へ、シテは追うように常座へ）

シテ　これはいかなこと。ネネどのは猿のところへ参るとおしゃったげな。なんとしたことであろう。わしはネネどのが好きで、いつかは嫁にしたいと思い、ネネどのも身どもを好いていてくれると信じておったが。身どもの片思いであったとは…（茫然として、溜息）その上、〝前田様も、そろそろ嫁取りなされませ、ついてはヤヤはいかがか〟とは酷な仰せようじゃ。アーア。たしかにヤヤは良い子じゃし、身どもを好いているようじゃが、ヤヤよりマツが…。イヤイヤ。

身どもは片思い、ヤヤも片思い。うまく行ったは藤吉郎だけではないか。さてさて運の強いやつじゃなあー。

イヤ、いつまでもこうしてはおられぬ。口惜しけれど、藤吉郎に知らせずばならぬ。（幕へ向かいつつ）まことに、思う人には思われず、思わぬ人に思わるるとは、よう言うたものよのう。思う人には思われず、思わぬ人に…。（一の松で止まり）

ヤイ藤吉郎、ネネどのはそなたの嫁になるそうじゃ！　ネネどのは藤吉郎の嫁になるそうじゃ！　ネネどのは藤吉郎の…エヘエヘエヘ…。（泣きながら幕へ入る）

【いつかたをあひたつね候とも、それさまほどの八、又二たひかのはけねすみあひもとめかたきあひだ…】（いづ方を相尋ね候とも、それさまほどの（ねねほどの女）は、又再び彼の禿ねずみ＝秀吉相求め難き間…）

（織田信長からのねね宛て書状＝羽柴秀吉室杉原氏宛消息）

信長から高く評価されている藤吉郎の妻は、ねね、ではなく、おね、と呼ぶのが正しいとされているようだが、この呼び方を妹の、やや、に当てはめると、おや、になる。これでは可愛げがないし、重ねて呼ぶと滑稽になりかねない。そこで、古くからの呼称にしたがい、ネネ、ヤヤ、とした。カタカナにしたのは見やすいため。この狂言では女が二人登場するが、これは従来の狂言にはない（一人または多人数）形である。また女たちの言葉づかいも従来の狂言の女よりも優しく女性的にしてみた（従来の狂言では男女の言葉の違いはほとんどない）。

伝言ゲームではないが、伝言を頼まれた人は、そのままの言葉ではなく、自分の印象や記憶（これがすこぶるあてにならない）に従って相手に伝える。悪意はないのだが、結果としてはすこしねじれたものが相手に伝わり、それをまた受け取る側が誤解したり早とちりしたりする。狂言には「人情もの」とよぶべき曲が少ないので、そうした分野を意図したが、善意の行き違いの悲喜劇からなぜか他人を自分の都合の良いように動かしてしまう藤吉郎・秀吉という人物が浮き出てくれれば、と思う。

初演は平成八年横浜能楽堂、その後一度くらい上演されただけであるが、今回「狂言太閤記」の一幕として改訂した。

【第三話】

安土城のイソップ

〜信長・秀吉・家康そろい踏み〜

時　天正七（一五七九）年

所　天守閣新築成った安土城

人物　織田信長　徳川家康

羽柴秀吉　前田利家（犬千代）

明智光秀　柴田勝家　森蘭丸

お江（五歳か六歳）

そのほか並び大名、酌する女達も

（光秀　常座で）

光秀　明智光秀でござる。この度、安土のお城めでたく落成いたしたにつき、御祝いの宴をなされうとの御事にて、それがし奉行を承った。ヤ、はや信長様はじめ皆々お出ましじゃ。さてさてめでたいことでござる。

（幕揚がり信長、森蘭丸、お江、柴田など並び大名も謡いながら登場）

信長　〽やらやらめでたや目出たやな。

一同　〽君は舟　臣は水　水よく舟を浮めては　臣君を仰ぐ世に　何か心はつき弓の矢を萬代と納めつつ　または仏法王法の　治まる国となる事も　治まる国となる事も弓矢の徳と覚えたり

（信長はワキ座にて床几にかかる。お江は信長のヨコに。以下居並ぶ）

光秀　申し上げまする。お城落成、恐悦至極に存じまする。

一同　おめでとうございまする。

光秀　上様、まずはめでたく盃お挙げ下さりませ。

信長　心得た。一同無礼講じゃ、呑め、謡え、舞え。

一同　いただきまする！（女たち酌する。ひとしきりあって）

光秀　柴田様、まずはめでとう一指し御舞いくだされ。

柴田　心得た。皆囃してくれい。

（何か短い舞）

一同　ヤンヤヤンヤ。

信長　アア権六、そちが舞うと、ホコリが立っていかん。
柴田　ヒャー。恐れ入りまする。
信長　そうじゃ、お江、そなたも何か舞わぬか。
お江　（喜んで）舞いまする、舞いまする。
〽あんの山から　こんの山へ　飛んで来るは何ぢゃるろ　頭に二つ　細うて長うて　ピンと跳ねたを　ちゃっと推した
（信長を指す）
信長　なんじゃ身どもに謎かけをするか。（考えうなづいて）ウサギじゃ。
お江　ようできました。
信長　お江にほめられたわ。ウワハハハハ。
お江　不調法をいたしました。
一同　ヤンヤヤンヤ。（一同笑う）
光秀　時分も良さそうな。本日の目玉の出し物を始めようと存ずる。
まず申し上げよう。
ハハー申し上げまする。皆々お祝いの隠し芸の中に、徳川様・秀吉・利家そろって狂言をいたしたいと、あちらで控えておりまする。キリシタン・バテレンから聞きました話をもとに、この光秀が仕組みましてござる。始めてよろしうござりまするか。

信長　であるか。よかろう。

光秀　さらばその由申しましょう。いかに徳川様、秀吉、利家のお三方、始めませい。

秀吉　心得た（幕の中から）

（幕揚がり、秀吉・家康出る。秀吉常座、家康は大小前で着座）

秀吉　これは、ギリシアの国サンの商人・金持ち秀吉でござる。それがし、なにとしたことやらん、路次《ろし》で三貫目の大金を落とした。拾うた者が返してくれればよいが。ただは返してよこすまい、三分の一をその者に与えようといえば、返してくれるやもしれぬ。その由、高札に記して、吉報を待とうと存ずる。（シテ柱に高札を打つ）

これでよい。（笛座に座る）

（幕揚がり、利家出る）

利家　このあたりに住まいする正直利家と申す者でござる。これから野良仕事に出まする。（歩き出す）それがしは不幸せで、〝はたらけど、はたらけど猶わが生活《くらし》楽にならざり（ぢっと手を見る）（石川啄木の和歌）〃日々でござる。オッと（つまずいて）イヤ、これに袋が落ちている。いこう重いが…。

ヤヤ、重いわけじゃ、三貫目もの大金が入っておる。あら有りがたや、飢えに苦しむ妻子にうまい物でも食わせてやろう。ヨイショ（担いで）我が物と思えば軽し三貫目、じゃ。

ハハハハハ。（道行）まことに、正直の頭に神宿るとか申すが、これは天の与えたまうたものであろう。ありがたや、ありがたや。

イヤ、これに高札がある。なになに、金子《きんす》を拾った者が届けてくりょうならば三分の一を褒美に与える。金持ち秀吉。

ウーム。これはこの金子のことであろう。なんとしょう。黙っておれば三貫目丸儲け。届ければ褒美が一貫目。三貫目と一貫目、一貫目と三貫目…アー（身もだえして悩む）

イヤ、ネコババがばれれば、身どもの恥、家族の恥。なによりもお天道様に顔向けがならん。これは届けずばなるまい。一貫目でも、麦も肉も着るものもようけ手に入る。有り難いと思わねばならぬ。いざ、秀吉どのに届けう。

物申、案内申。秀吉どの、いさせられまするか、ござるか。

秀吉　表に案内がある…案内とは誰ぞ。いやこれは利家ではないか。さて何の用でござったぞ。

利家　さればそのことでござる。それがし今朝ほど路次でこの袋を

秀吉　わかったわかった。皆までいわずともよい。それは身どもが落とした袋じゃ。さてはそなたが拾って届けてくれたか。やれあり難い。高札に記した通り、三分の一の褒美を取らせようぞ。

利家　それはあり難うござる。袋には三貫目入っておりまするな。されば一貫目を褒美に下されい。

秀吉　一貫目とな。（考え）のう〳〵利家。いまそなたは袋には三貫目入っておるとおしゃったな。

利家　いかにも。

秀吉　身どもはその袋に四貫目入れておいた。そなたは一貫目取ったであろう。そのような偽りを申す者に褒美はやれぬ。全部こちへおこせ。

利家　なんじゃ？　身どもが一貫目取ったと？

秀吉　いかにも。

利家　やい、おのれは褒美の金が惜しうなって、言いがかりをしおるか。

秀吉　おのれは憎い奴の。一貫目盗んでおいて、さらに褒美をもらおうとは。盗人たけだけしいとは、なんじのことじゃ。

利家　正直に届けたればこの言いかがかり。許せぬ。
秀吉　許せぬというて何とする。
利家　物としょう
秀吉　何とする
利家　イソップ家康どのに判断をしてもらおう。
秀吉　イソップ家康どのか。よかろう。名高い知恵者じゃ。
利家　さらば参ろう。（道行）さてさておのれは憎い奴の。このことを聴いたらば、お内儀のネネどのが嘆こうぞよ。
秀吉　そういえば、マツどのは息災かの。
利家　息災じゃわいやい！
いや何かと言ううちにこれじゃ。物申、案内申。いかにイソップ家康さま、ございまするかござるか。（イソップ家康立つ）
家康　何事じゃ。
利家　お裁き願いたい儀がごさってまかり出でました。
秀吉　かくかくしかじかでござる。どうぞお裁きくださりょうならば有難うござる。

家康　心得た。裁きをしてやろう。そこへ座るがよい。

二人　心得ました。

家康　さればまず金持ち秀吉。そちは四貫目落としたに相違ないか。

秀吉　相違ござらぬ。

家康　神かけて相違ないな。

秀吉　神かけて相違ござらぬ。

家康　さて正直利家。そちが拾ったは三貫目に相違ないか。

利家　神かけて相違ございませぬ。

家康　二人とも、しかと聴いたぞよ。されば、身どもの判断を言おう。どちらも神かけて言うたことじゃ。偽りはない。さすれば金持ち秀吉が落としたは四貫目でなくてはならぬ。しかるに正直利家が拾ったは三貫目。すればその三貫目は金持ち秀吉が落とした金ではない。よって、正直利家はその金、金持ち秀吉に返さずともよい。落とし主の知れぬ金じゃ。もって帰るがよかろう。

利家　あら嬉しや、かたじけなや。

秀吉　アアまず待たせられい。

家康　なんと待てとは。

秀吉　恐れ入りましてござる。まことは身どもの落とした金は三貫目でござった。それを、褒美の一貫目が惜しうなって、四貫目と申したのでござる。なにとぞ二貫目だけ、身どもに返してくだされい。

家康　おのれ、おのれは身どもをなんと心得る。天下に名高い知恵者のイソップぞ。それくらいのことに気がつかぬとおもうか。愚か者め。

秀吉　ハハー

家康　とはいえ、全部失わせるはいささか気の毒。どうじゃ正直利家、二貫目返してやらぬか。

利家　身どもは初手からそのように申してござる。ようございましょう。

秀吉　あら嬉しや。

家康　裁き、かくの通り。されば正直利家、こちへ二貫目おこせ。

利家　ハハ。一貫目は頂戴して（懐へ入れ）、残り二貫目でござる。

家康　さて金持ち秀吉。二貫目のうち一貫目は、身どもが裁き料としてもらっておく（懐へ入れる）。

秀吉　ヒエー

家康　よいか。これはまことに公平な裁きじゃぞよ。正直利家は一貫目の得。金持ち秀吉は全部失うところ、一貫目かえってきた故、一貫目の得。身どもも裁き料一貫目の得。これぞ三方一貫目得。いやめでたいめでたい。

一同　ヤンヤヤンヤ。みごとなお裁きじゃ。

光秀　ハハハ。某の仕組みでござるぞ。

信長　まづ待てまづ待て。

家康　なんと待てとは？

信長　光秀の仕組み、気に入らぬ。そちの仕組みは甘い。この戦国乱世にそれでとおると思うか。わしの裁きを申す。

やい金持ちサル。四貫目落としたと偽りを申したること許し難し。そちが返してもらった一貫目は罰として没収する。これへ出せ。

秀吉　キッキッキー

信長　次に貧乏イヌ。そちのような貧乏人が一貫目もの大金を手にすればろくなことはない。バクチでもしたくなるであろう。身を滅ぼす元じゃ。褒美の一貫目は、わしが預かっておく。あぶく銭を当てにせず、命がけで働け。働きがよければ、二貫目にして返してやる。これへ出せ。

利家　ワンワンワーン。（一同シーン）

信長　イソップ家康殿の一貫目は、裁き料としてこのわしがもらうべきなれども、二貫目没収したゆえ、マ、そのままでよしとしょう。わしはケチではないぞ。どうじゃ、キンカン頭、わしの裁きを見たか。なんと良い裁きであろうが。ウワハハハハハ。

光秀　（外して）、キンカン頭とは…。

蘭丸　ヤンヤヤンヤ。みごとなお裁きじゃ。（一人だけはしゃいでシラケる）

一同　（気がついて）ヤンヤヤンヤ、みごとなおさばきじゃ。（などと囃す）

秀吉　（外して）ハハア。教えられることが多いわい。

一同　イヤイヤめでたいめでたい、酒じゃ酒じゃ。（はしゃいで場をつくろう）

一同　上様、めでたう一指し御舞いくださりませ。ささ、皆の衆、囃してくだされい。

信長　心得た。

信長　さらば三人連れ舞にしょう。家康どの、つきあうて下され。秀吉参れ。

家康
秀吉　心得ました。

（信長・家康・秀吉の三人）

信長　〽人間五十年

一同　〽人間五十年

秀吉　（外して）またこれじゃ。他にはないのか知らん。

一同　〽下天の内をくらぶれば　夢・幻のごとくなり　ひとたび生をうけ　滅せぬ者のあるべきや　滅せぬ者のあるべきや　滅せぬ者のあるべきや

一同　ヤンヤヤンヤ

秀吉　さらばめでとう笑っておさめましょう。上様から、どうぞ。

信長　ウム。ウワハハハハハ…。

秀吉　キャッキャッキャッキャッ…。

家康　ヒヒ、ヒヒ、ヒヒヒヒヒヒ…（笑いが残る―最後に笑ったのは？）

信長　〽やらやらめでたや目出たやな

一同　〽君は舟　臣は水　水よく舟を浮めては　臣君を仰ぐ世に　何か心はつき弓の　矢を萬代と納めつつ　または仏法王法の　治まる国となる事も　治まる国となる事も　弓矢の徳と覚えたり

（三人退場、つづいて一同も。光秀だけ残って見送り）

光秀　仲間外れにされた。キンカン頭と言われた。エーイ腹立ちゃの腹立ちゃの。さりながら最後に笑う者が最もよく笑うと申す。

（幕の方を見て）やいおのれら、最後に笑うのは、この明智光秀じゃぞよ。

カーッカーッカカ、キッ、ク、ククククッサメ！

（最後に笑えなかった光秀、憮然とした表情でトボトボと退場）

【日本は昔から社会におけるすべての順位は能力順位である。典型的なのは秀吉です。血筋・家柄がよいから関白になったのではなくて、のし上がって天下を取ったから関白になり、養子の形で藤原氏の子孫ということになった】

（山本七平『日本型リーダーの条件』講談社）

本作の劇中狂言は『伊曽保物語』によっている。この物語は、キリシタンの神父らにより持ち込まれ、一五九三年に天草でローマ字本が印刷・発行され、間もなく日本語版も刊行された。江戸時代初期、キリシタン御法度になるまで（おそらく）出版がつづき、廣く読まれ、語り継がれた。そのいくつかは地方の民話に形を変えて伝わっている。ここではそれ以前に、安土か京都のキリシタンのセミナリオに来ていた宣教師により、説教などで話されていたのが光秀の耳に入ったという想定。なおこの時代では「イソッホ」が正しいだろうが、ここでは一般に知られている「イソップ」とした。

銭の単位として、『伊曽保物語』原本には貫目がつかわれているので、そのまま用いた。一貫＝一〇〇〇匁（もんめ）。一匁＝唐開元銭一文の重量＝一文目（約3・75グラム）。したがって一貫目＝銭一〇〇〇文、約四キログラム。現在の貨幣価値では十万から十五万円ほどに相当したようだ。金貨の「両」は江戸時代になってから汎用になるので、この時点ではまだ通用していなかった。三方一両得とは言えなかった。

なお、『信長公記』（太田牛一著・桑田忠親校注　新人物往来社）によれば

「安土山御天主の次第

石くらの高さ十二間余りなり。石くらの内を一重土蔵に御用ひ、是より七重なり。二重石くらの上、広さ北南へ廿間、西東へ十七間、高さ十六間ま中あり。柱数二百四本立。六重め、八角四間あり。外柱は朱なり。内柱は皆金なり。上七重め、三間四方、御座敷の内、皆金なり。そとがは、是又、金なり。」とある。

この作品は二〇一一年九月十一日に、豊田市能楽堂で初演された。「ある日の三英傑〜安土城のイソップ〜」という題名であったが、愛知県地方では信長・秀吉・家康をそのように呼ぶことが多いので、三人のそろい踏みを強調したかったためである。今回題名を改め、さらに台本を改訂した。お江を出したのは、初演が「大河ドラマ・お江」放送の翌年だったので当て込んだことによる。子どもが出ると全体がなごむので、なるべく出したい。

初演の顔ぶれは、小笠原匡師の演出・台本補綴、出演者は信長・野村万蔵、光秀・佐藤友彦、秀吉・小笠原匡、利家・佐藤融、家康・井上靖浩、蘭丸・野村扇丞、お江・寺田琴葉ちゃんらの皆さんとともに、地元豊田市・挙母狂言会の皆さんが並び大名やお酌の女性役で出演した。市民参加の一例である。この時は大成功であった。

豊田市能楽堂ではいくつかの新作狂言を上演してきた。講談などで知られる大久保彦左衛門は地元三河出身なので「大久保彦左衛門の夢」、徳川家のご先祖で、現豊田市内松平地区から身を立てた徳阿弥をシテとする「徳阿弥でござる」、義経と矢作の長者の娘浄瑠璃姫の悲恋「浄瑠璃姫の笛」などである。

【第四話】

天下盗人～秀吉と石川五右衛門～

時　文禄三（一五九四）年旧暦八月
所　伏見城内
人物
シテ　太閤秀吉
アド　盗賊　石川五右衛門
三成　秀吉の側近　石田三成
小姓　太閤付
立衆　五右衛門を捕らえた者　二名（A・B）

（初めに後見が一畳台をワキ座へ、つづいて千鳥の香炉を舞台正面先におく。秀吉と小姓登場、秀吉は寝間着姿・厚板を羽織っている。一畳台へ）

小姓　殿下、お休みなさいませ

シテ　ウム

（シテ寝る。がモゾモゾして、起き上がり）

シテ　眠られん、眠られん！

ハアー。わしは天下を取るまで、寝る間を惜しんで働いた。いざ天下を取って、好きなだけ寝られるというに、毎晩どうも眠られん。なんとしたことじゃ。（首振って）イヤ、天下を取るということが、これほどなやましいことじゃとは思わなんだ。わしの上には誰もおらんゆえ、お伺いをたてることもできん。何もかも自分で決めねばならん。気が休まる暇がない。

まわりに大名も女も大勢おるが、結局は一人ぼっちじゃ…。

イヤ、今一度横になってみるか…。（寝る）

（揚げ幕の下をくぐって、黒装束の五右衛門現れる。抜き足差し足いろいろあり。秀吉気がつく。五右衛門が千鳥の香炉に手をかけた瞬間）

シテ　チリチリヤチリチリ！　チリチリヤチリチリ！

（五右衛門仰天、橋掛りへ逃げる。同時に幕揚がって三成・小姓ら駆けつける。橋掛りで立ち廻りあって五右衛門捕えられる）

立衆　捕ったぞ捕ったぞ。

（三成だけ秀吉の前へ）

三成　夜中お騒がせいたしました。賊を捕えましてござる。
シテ　三成か。盗人に入られるとは、なにごとじゃ！
三成　ハハー、申し訳ございませぬ。
シテ　この太閤の伏見城に盗みに入るとは大胆不敵な痴れ者じゃ。どんな奴か見てやろう。引っ立てて参れ。
三成　畏まってござる。御諚である！　盗人を御前に引き立てい！
立衆　心得ました。
シテ　（外して）不眠症が役に立ったわい。
（小姓、縛られた五右衛門、捕り手二人、秀吉の前へ）
小姓　御前である。頭が高い！
アド　ハハー。
シテ　こやつか。何者じゃ。
三成　石川五右衛門と申す盗人でござる。大名衆は申すに及ばず、公家衆、商人、寺、神社、みなこ奴の盗みに遭うてござる。ずうずうしくも天下一の大泥棒とみずから名乗り、世間の者もそのように囃しまする。かねてより京都奉行はじめ、力をつくして追っておりました者でござる。
イヤ、この男は幽霊のような奴でござって、こんどこそは捕えた！　と踏み込んでみると、どこへやら姿が消えておって捕まりませぬ。盗人ながら天晴、忍者も顔負けと、みな感心しておりまする。

シテ　馬鹿者。盗人をほめてなんとする。
ヤイ五右衛門とやら、面を見せい。フム、案外良い男ではないか。いずくの生まれじゃ。

アド　ハハアー。恐れながら申し上げまする。河内の国石川村より出でた者にござりまする。身どもの家は貧しい水飲み百姓、幼いころよりすきっ腹を抱え、畠の瓜など盗んで、飢えをしのいでおりましたれば、ほかに生計《たつき》の道も知りませず、かように盗人になりはてましてござる。なにとぞお許し下さりませ。

シテ　わしの城に盗みに入るとは、大それたふるまいではないか。

アド　ハハー。恐れ入りまする。
この度ご寝所に忍び込みましたは、他でもございませぬ。身どもは天下一の大泥棒と世間で囃されまして、今度はどこで何を盗むか、期待され楽しみにもされるようになってござる。それゆえに、大きな盗みをせねば恰好がつかなくなりましてござる。人気者の辛いところでござりまするな。そこで、天下の盗人とあれば、天下の太閤様から何ぞ盗むがふさわしいと存じ、太閤様ご秘蔵の「千鳥の香炉」とやらを頂戴いたそうと、忍び込みましたが間違いのもとでござった。太閤様が見てござったとは…。

シテ　フン。不眠症の千鳥が鳴いたのじゃ。

アド　ハア？

シテ　こちのことじゃ。やい、五右衛門、そちは貧しさゆえに子どものころより盗みを重ねたれば、習い性となって盗みをしておると申すか。

アド　さようでござります。盗みのほかに何の芸ももちませぬ。

シテ　哀れな者よのう。とはいえ、わしも、似たような境遇であった…。

三成　殿下はお若い頃ずいぶん苦労されたと聞いております。

シテ　そうじゃ。わしは幼いころ暮らしの為に針を売って歩いたが…（少年時代の思い出にふけって）、歩き商いはつらいものじゃった。雨が三日も降りつづいてみよ、金も食う物もなうなってなあ。

わしは身軽で木登りも得意じゃったから、柿、桃、枇杷なども黙って頂戴した。鶏の卵も、着るものも…空きっ腹抱えて、寒うて、悪いとは知りながら、人様の物に手を出してしもうた…。

じゃが、わしは幸いじゃった。そのころ、占い師が退屈しのぎにわしの手相を見て、天下を取る相じゃと言うてくれた。皆人笑うたれど、わしはひそかに信じ、懸命に働き、占い通りになったのじゃ。アアなつかしや。

三成　ハアー。そのようなご苦労があったとは初めてうかがいましてござる。さりながら盗みとはあぶないことを…。

シテ　イヤイヤ、わしは何事も真剣にやるゆえ、盗みも一芸に達して、つかまるようなへまはせなんだぞ。ハハハ。馬鹿者、何を言わせる。

アド　恐れながら申し上げまする。盗みについては身どもが上にござりまするな。身どもは千金、万貫のお宝を頂戴しまするによって、天下の大泥棒、と世間の者が囃しまする。

シテ　なに、そちが上じゃと？　ウハハハハ。何をぬかす。そちの盗んだものなど、わしが盗んだものにくらぶれば、小さい小さい。塵芥《ちりあくた》のようなものじゃ。

アド　なんと仰せられまする。では天下様が盗んだものとは？

シテ　わしが盗んだものは

アド　ものは？

シテ　ものは

アド　ものは？

シテ　この、日の本の国全部じゃ！　恐れ入ったか！

アド　ハハー。恐れ入りましてござる！

シテ　そちは天下の盗人、わしは天下を、盗人じゃ。ウワハハハハハ。

（ガラッと変わってきびしく）

三成。

三成　ハハー。

シテ　この者の処罰、なんといたす。

三成　さればそのことでござる。この者は皆人の知る者でござるによって、三条河原において、みせしめにするが良うござりましょう。（仕方風に）磔、火あぶり、あるいは見物人に石をぶつけさせる石責め、河原に首まで埋めまして、通りがかりの者に竹のノコギリで首を切らせるなどいかがでございましょう。それとも、裸にいたしまして木に縛りつけ、頭から甘い蜜をかけておきまするとアリ、ハチ、ゲジゲジ、ムカデ、ゴキブリなどがたかってまいりまして、ゾロゾロ、ムズムズ、チクチクと身体を這い上がり噛みつき、鼻の穴、耳の穴から入ってきて…。

アド　ヒエー

シテ　エーもうゲジゲジなどと申すな。やい三成。
そちは意地の悪い奴じゃな。しかも賢い。よいか、賢くて意地が悪いというは、人に嫌われる最悪の組み合わせじゃ。気をつけよ。

三成　ハハー。恐れ入りましてございまする。

シテ　フン、罰のことじゃが。この男、天下に名を残したいようじゃから、なんぞ珍しい罰を与えてやらねばなるまい。何としょう。

三成　そうじゃな、そちを風呂に入れてやろう。鉄の風呂でな。下から火を焚くのじゃ。はじめは水じゃから冷たい。次第に温かくなって、よい湯加減じゃ。

アド　それは有難うござる。

シテ　そこで火を落とせばよいが、そうはいかん。次第に熱くなっての。まず足の裏から焼けてまいる。そちは風呂の中で踊るのじゃ。天下の大泥棒石川五右衛門が風呂で踊る。見物人が喜ぶであろう。

三成 小姓　それはよいお考えでござる！　楽しみでござる（と追従）

アド　ヒエー、それはご勘弁下さりませ！　身どもは蛸でも蟹でもござらぬ。釜茹《かまゆ》ではご勘弁でござる。いっそひと思いに首を切ってくださいませ！　天下様のお慈悲を、お慈悲を！

シテ　愚か者。甘い飴だけで天下は治まらぬ。トゲだらけの鞭も、苦い薬も要るのじゃ。そちも天下の盗人と申すなら、捕えられたが運のつき、潔う覚悟せい。

アド　ハハ、へへ、エへエへエへ…。

シテ　ところで五右衛門、そちも名を知られた盗賊とあれば、最期には気の利いた辞世の句を詠まずばなるまい。用意があるか。

アド　かねて覚悟の上なれば、ぬかりはございませぬ。申し上げまする。
（誇らしげに）〽石川や　浜の真砂は尽くるとも　世に盗人の種は尽くまじ。世に盗人の種は尽くまじ。

シテ　下手な歌じゃな。その心はいかに。

アド　その心は、我らごとき盗人には、大事な役割があると申すことでござる。われら盗人が、お金持ちの溜めた金をことわりなしに頂戴いたしまして、それを気前よくつかいますれば、世の中にお金がまわりまする。それによって、皆人しあわせになるのでござる。金は天下のまわり物、溜めこんではなりませぬ。とくに年寄りが溜めこんで使わぬ金がようござらぬ。その死んだお金を、世の中にまわるように手伝う、それが盗人やスッパの大きな、大事な役割でござる。かように、世には盗人がなくてはなりませぬによって、盗人の種はつきまじ、ということでござる。

シテ　何を屁理屈を申しておる。盗人たけだけしいとはこ奴のことじゃ。よいか、そちら盗人が金持ちの金をまわさずとも、われらお上が、税として召し上げるわい。心配無用じゃ。ハハハハハ。フム。（考えて）わしも一句浮かんだわい。一指舞うて聞かせてやる。わしは猿楽の能が得手じゃからな。冥途の土産によう見ておけ。皆、囃せ。

一同　心得ました。（シテ立って舞う）

シテ　〽石川や

アド　ホ、身どもと同じではござらぬか。

シテ　〽露の命は尽くるとも　五右衛門風呂の名や残るらん。

一同　〽五右衛門風呂の名や残るらん。五右衛門風呂の名や残るらん。ヤンヤ、ヤンヤ

シテ　どうじゃ！　五右衛門。歌の心は言うまでもあるまい。これでそちの名が後世に残るで

あろう。

三成　上様のお心づかい、有難く思え！

アド　ハハー有難い、やら哀しいやら、エヘエヘエヘ。

シテ　ますます眠られそうものうなった。何とせう。

ホ、間もなく夜が明ける。やい五右衛門、今生の思い出に、この伏見の城からの天下の

眺め、見せてつかわす。良い眺めじゃぞよ。

いざ参れ！（踊りながら。五右衛門は最後）

〽石川や　露の命は尽くるとも。

一同　〽五右衛門風呂の名や残るらん。

シテ　〽石川や　露の命は尽くるとも。

一同　〽五右衛門風呂の名や残るらん　五右衛門風呂の名や残るらん。

（繰返し、踊りながら退場）

アド　（客席に向かって）

身どもはただの盗人、あちらは、この日本の国全部を盗んだ大盗人、その上たくさんの

人を殺したというに、なぜ身どもだけが罰せられるのじゃ！

立衆A　なるほど、盗人にも三分の理と申すが、いかにもその通りじゃな。ウン、もっともじゃ…。

立衆B　これ○○（上演時の役者名）、そのようなことを口にすると、汝の首がとぶぞよ！ヤイ五右衛門とやら、勝った者が正しいのじゃよ。何を言うても、所詮は引かれ者の小唄、負け犬の遠吠えじゃ。潔うあきらめて、さあ来い、さあ来い。

立衆A　五右衛門の言うとおりじゃのにの…。

アド　なぜ身どもだけが、なぜ、エヘエヘエヘ、なぜ、エヘエヘエヘ…。（引き立てられて退場）

【人生はつねに不公平なのだ。気づいていないのか？】

（D・フランシス短編集『出走』第二話・〈レッド〉から。菊池光訳、早川書房）

五右衛門がつかまったのは、文禄三年八月二十四日（一五九四年十月八日）。朝鮮に出兵した文禄の役の終わった翌年、秀吉が伏見に移った直後。慶長三（一五九八）年八月秀吉没。

【第五話】

大坂城の幽霊

時　元和二（一六一六）年夏
所　大坂城。夏の陣で落城の一年後、夕刻
人物　シテ　秀吉の幽霊？　狩衣・唐冠など太閤風の姿
アド　尾張中村から来た僧
小アド　秀吉の遠い親戚縁者

アド　これは、尾張中村より出でた僧でござる。さても、太閤豊臣秀吉様は、我らが村より出でて天下を取った、類ない出世頭でござるが、大坂夏の陣において大坂城も焼け落ち、御世継秀頼様、淀君様はじめ、皆はかなくならせられた。今日は、その落城の日よりちょうど一年と申すによって、弔いの経読み申さんと、これなる○○（上演時の役者名）を伴い、大坂城まで参ってござる。
いや、見申せば、戦の跡もなまなましく、堀は埋まって夏草生い茂り、残された石垣から、かつての城の大きさを思うほかない有様じゃ。さてもさても哀れな事ではないか。

小アド　△△坊（上演時の役者名）の言う通りじゃ。秀吉様は、我らが遠い親戚じゃが、亡くなられてはや十八年。うまうまと徳川様に天下を横取りされて、さぞかしあの世で口惜しう思うておられることじゃろう。我らも口惜しいわ。日も暮れてきた。ここ浪華で栄華を極めた太閤秀吉様、執心残って化けて出られるやも知れぬぞよ。ドロドロドロ…。

アド　アア気味の悪いことを申すでない。なにやら首筋がソソケ立つような。南無阿弥陀仏、南無阿弥陀仏…。（いつの間にかシテが一の松あたりにいる）

シテ　アア御坊、念仏忝い。尾張中村の衆じゃな。いや懐かしい事じゃ。村の様子も変わってまったことじゃろうなあ。（本舞台に入る）

小アド　これはまた見馴れぬお姿のご老人じゃが、いかようなお方でござるぞ。尾張中村が懐かしいとおしゃるが、ゆかりの人でござるかの。

シテ　いかにも。この大坂城で、尾張中村にゆかりのある者じゃと言えば、わしが何者か知れるであろうが。

アド　初めて会うたお方が、何者やら知れるわけもござらぬが。このところでゆかりのあるお方と言えば…、もしや、あのお方の！

シテ　ハハハ、いかにもそのお方の幽霊じゃよ。

アド　な、何と…噂をすれば出た！　南無阿弥陀仏、南無阿弥陀仏…。

シテ　これこれ、そなたに憑《と》りついたりはせん。案ずるでない。

小アド　これ△△坊。京・大坂には田舎者をだますスッパがおると聞いておる。こやつは太閤様の幽霊になりすましたスッパであろう。なんぞうまい話を持ちかけて、我らから金をだまし取ろうというのじゃ。わし、わしというてな。

シテ　何を申す。わしは天下をとった男じゃぞよ。金に不自由したことなどないわ。

小アド　それはうらやましい。よほど儲かる商売じゃと見える。なぜに皆やすやすと騙されて大金を払うのか知らん。

シテ　何をとろいことを言うておる。スッパと取り違えるとは怪しからん。よいか、わしは毎年一日だけ、この世に出てくることができるのじゃ。今日は秀頼や女どもの命日じゃし、そなたたちがこの大坂の城へ参ると知って、出てきたのじゃよ。

アド　（小アドに）もっともらしいが、まことの幽霊か否か、話をすれば知れるであろう。チト問うてみょう。

小アド　それがよかろう。

アド　のうく、こなたがあのお方の幽霊ならば、お訊きしたいことがござる。

シテ　おう、何なりと訊くが良い。

アド　それならばまずお尋ね申すが、貧乏百姓の倅が、ようも天下を狙ったものでござるな。なんぞ子細ばしござるか。

シテ　あるとも。わしが子供の頃、熱田のお宮の前に占い師がござってな。暇つぶしに手相を見てくれて、〝そちには天下を取る相が出ておる〟と言うた。わしはその占いを信じて、命がけで働いたのじゃ。あの占いがなければ、天下を取ろうなど大それた夢は持たなんだであろう。

アド　それはまたよく当たる占い師でござったな。

シテ　わしにとって大恩人じゃ。占い通り天下を取ったらば、山ほど礼をしようぞ、と約束したゆえ、尾張・三河・美濃の三ヶ国を隅々まで探させたが、ついに見つからなんだ。何の礼もできなんだは心残りなことじゃ。

アド　それは律儀なことでござる。それにしても秀吉様の運の強いことよ。信長様がおられては天下など取れなんだであろうが、思いがけず明智光秀の謀反で亡くなられた。

シテ　いやいや運だけではない。あの光秀の謀反は、何を隠そうこのわしの仕掛け…（口をおさえて）イヤ、これはあの世まで持っていった秘密じゃった。口がすべった。そなたらも忘れてくれい。

小アド　何を思わせぶりな。そのような作り話、誰が信ずるものか。

アド　ウーム。確かに都合よすぎる気もせぬではないが。一番得をした者が怪しいと言うが、それは秀吉様じゃし…。ま、過ぎてまったことじゃ。

シテ　それにしても明智を討ち果たした次第はあざやかでござったな。

アド　いかにも。我ながら見事であった。今もまざまざと思い起こすわ。その次第聞きたいか。

シテ　おう、聞きとうござる。

アド　ならば語って聞かせう。（仕方話で。床几にかかるか）さても、天正十年六月三日のことなりしが、羽柴筑前守秀吉、毛利を退治せんがため備中高松の城、水攻めにて取り囲みおりしところに、深夜子《ね》の刻、都なる長谷川宗仁より急ぎの飛脚参り、昨二日早朝明智日向守光秀謀反、本能寺にて上様ご切腹とのひそかな知らせなり。かねて期したることなれば素知らぬ顔にて毛利との和議ととのえ、六日未《ひつじ》の刻、取る物もとりあえず高松を引き払い、（立ち）主君の仇を報ぜんと真っ先駆けて都へ向かう。疾風怒涛の大返し、沼の城、姫路、尼崎へと馳せ上る。

アド　かくて十三日、摂津と山城の境なる、山崎の地にて日向守光秀との決戦に及ぶ。

シテ　いまだ夜も明けざるに秀吉、堀尾茂助を召し、急ぎ山崎の上なる天王山に上がり、備えを固くせよと命じたれば、堀尾承り、弓鉄砲二百人引き連れ駆け上り、天下分け目の天王山、わが手におさめたり。これを見て秀吉、幸先良しと
〝天王山はわが手にあり。天のご加護・八幡のご神助疑いなし。敵は主君殺しの悪人ぞ、大義は我らにあり。梵天、帝釈天もご照覧あれ。者共進めや進め！〟
と大音あげて下知すれば、配下の軍勢二万あまり、鉄砲大筒つるべ撃ちの黒煙りに天日暗く、槍先揃え物の具きらめかいて攻めかかる鬨《とき》の声、天地を揺るがすばかりなり。いかなる天魔鬼神なりとも、妨ぐべくもあらざりき。

小アド　かくて山崎天王山の戦、日暮れとともに決着す。

シテ　敗れし光秀、夜の闇にまぎれて落ち行きしが、落人狩りの手に掛かり、無慙《むざん》なる最期とげたりと聞くときは、哀れをもよおすばかりなり。げにも世の人申すが如く、光秀が三日天下なりしよな。
さるにても信長君の仇打ちに、馳せ参ぜし大名多けれど、筑前守秀吉こそは海道一の弓

取りと、その名天下にとどろくはもっともなりける次第なり。

アド　さてもさても懐かしいことじゃ。エヘエヘエへ。（泣く）

小アド　ヤンヤヤンヤ。さてもさても面白い聞きものでござった。

アド　見てきたような嘘を言う。芸達者なスッパじゃ。

シテ　さてその後のご出世、誰知らぬ者もござらぬが、朝鮮征伐とやらは評判が悪うござるぞよ。

アド　ま、朝鮮へ行ったは失敗じゃった。あのときは、大名どもにやる土地がのうなってな。朝鮮国を攻め取って、さらには大明国を分捕り、大名どもに分けてやろうと思うたのじゃが。イヤ、よその国に攻め込むなど愚かな考えであったわ。天下を治むるというのもなかなか悩ましいものでなあ。甘い飴だけではならん。陰謀策略、トゲだらけの鞭も、毒も要るものじゃ。身内の者でも殺さねばならんこともあったわい。苦い決断であった…。

アド　いかにも左様でござろうのう。ところで、幽霊様と話をするのは初めてでござるによってお尋ね申すが、こなたのござらっせる「あの世」とやらは、どのようなところでござるぞ。

シテ　あの世か？　あの世はな。イヤ、いずれ誰もが来るところじゃ。楽しみにしておくがよかろう。ハハハハハ。

小アド　偽者じゃ偽者じゃ。

シテ　マ、何不自由はなけれども、わしのように戦い続けてきた者には、退屈でもあるわな。わしもすっかり毒気が抜けてまって、今はネネが来るのを待つばかりじゃよ。結局のところ、わしのことを大事に思うてくれたのはネネだけじゃった。

小アド　娘の頃のネネは可愛い女子でなあ。今も高台寺でわしの菩提を弔うてくれておるわ。有難いことじゃ。来てくれたものじゃ。前田犬千代が好いておったが、ようわしのところへ

小アド　娘の頃のネネは可愛い女子でなあ。前田犬千代が好いておったが、ようわしのところへ来てくれたものじゃ。今も高台寺でわしの菩提を弔うてくれておるわ。有難いことじゃ。太閤秀吉様といえば、天下の美人を好みのままに侍らせて、贅をつくしたと聞いておるぞよ。淀君様はじめ他に女は大勢いたであろうに。もそっと話を面白うせんかや。

シテ　いやいや、わしも無理に背伸びして身分の高い女どもを手に入れてまいったが、気位の高い女どもで、悋気《りんき》はするわ、金使いは荒いわで手こずったわい。それにくらべ苦しい時を共に切り抜けてきたネネなればこそ、話も通じ、思い出話もできるというものじゃよ。そなたらもお嬶《かか》を大事にせいよ。

小アド　ホ、いいことも言う。

シテ　さてわしもそろそろ帰らねばならぬ。そなたらは、太閤秀吉の辞世の句を知っておるか。

二人　よう存じておりまする。

シテ　ならば謡うてくれい。一指し舞うて帰るとしょう。わしは猿楽の能が得手でな。金春大夫について学び、舞の上手として知られたものじゃ。

小アド　そんな話は聞いたことがないが。

アド　ま、いいではないか。謡うてやろう。

小アド　心得た。

シテ　（サシ謡風に）あの世よりみれば　この世のことはみな夢　されど夢を持ってこその　人の世。（シテ舞う）

〽露と置き

二人　〽露と消えぬる我が身かな　浪華のことは夢のまた夢。

シテ　〽浪華のことは。（二人も舞に加わる）

二人　〽夢のまた夢　夢のまた夢。

三人　〽浪華のことは。

〽夢のまた夢　夢のまた夢…。（シテ、一の松へ行き）

シテ　さらばさらば。

二人　さらばさらば。（シテを見送って）

小アド　我らも往くとせうか。いや、面白いことであった。さりながら、あのスッパは何のために出てきたのじゃしらん。

アド　そなたはあれをまことにスッパじゃと思うか。

小アド　いかにも。芝居のうまい奴じゃったな。楽しませてもらったわ。少しくらい金をやってもよかったの。

アド　身どもは、まことの秀吉様の幽霊じゃと思うぞよ。アア南無幽霊出離生死頓生菩提。南無阿弥陀仏…ウジャラウジャラ…。

小アド　スッパじゃよ。幽霊などおらぬわいやい。

二人　いいや幽霊じゃ・南無阿弥陀仏、スッパじゃ、と言い合いつつ幕へ。

【ただ人はなさけあれ、夢の夢の夢の、きのふ（昨日）はけふ（今日）のいにしへ（古）、けふはあす（明日）のむかし（昔）】

（『閑吟集』）

《参考》　小瀬甫菴著『太閤記』（新日本古典文学大系・岩波書店）

新作能

新作能三編は、結果的に悲劇的な最期を遂げた男たちが主人公か重要な登場人物となった。

《平泉　義経最期》　日本人にもっとも知られ、愛されたともいえる悲劇の英雄源義経と弁慶らの郎党の最期は『義経記』に詳しく描かれている。もちろんどこまで史実であるかは明らかではない。しかし一読して能になると感じた。

《支倉常長》　石巻市月の浦にある慶長使節船ミュージアムでサン・ファン・バウティスタ号を見たとき、構想が浮かんだ。常長の名は、はるばるローマまで行った初の日本人として名高いが、その経過と最期は案外知られていないようだ。およそ四百年前に起きた支倉常長の悲劇は、今日の変動激しい社会で身近にも起こりうると思う。

《修善寺物語》　歌舞伎として場面（セット）転換を前提とする原作の構成とは違えて、能の形式を活かそうとしたが、それでも一般的な能の構成とは異なる。新作能というより、能の形式による舞台劇というべきか。言葉づかいも、かしこまった場面は候文、家族間ではもっとくだけた形にした。

もちろん、能本はそれ自体で完結するものではなく、舞台にかかってこそ意味を持つ。作曲作舞にあたって不要な描写、具合の悪い点があるときは、詞章等の改訂に応じること、言をまたない。

#《平泉 義経最期》

時　源頼朝の死（一一九九）の三ヶ月後、旧暦四月末の、義経らの命日前後
所　鎌倉から平泉、義経最期（一一八九）の地＝高館、義経堂
人物（登場順）
ワキ　比企の某（尼御台北条政子の側近）
ワキツレ　鎌倉の、さる大寺の僧と従僧二人
前シテ　義経の最期を知る老人。じつは兼房の霊。
後シテ　義経の霊
後ツレ　弁慶・兼房の霊
その他　中尊寺の僧が後場に出て読経・声明を唱えてもよい
作り物　義経堂をあらわす藁屋

ワキ　かように候者は、鎌倉幕府尼御台《あまみだい》北条政子殿にお仕え申す、比企《ひき》の某にて候。さても、将軍頼朝公、いかなる故か御落馬、その御傷の故やらん、俄かに幽冥境を異《こと》になされ給い候。尼御台、さては奥州平泉にて没せし判官義経らの、怨霊のなせる業にてもやある

らんと思し召し、某を召され、尊き聖を伴いてひそかに陸奥に赴き、義経・弁慶らの命日にあたって怨霊を鎮めよ、と仰せ出だされて候。

ワキツレ　しかれば我ら仰せにより、尊き御経をもって弔い申さんと

ワキ
ワキツレ　春も盛りの鎌倉を、春も盛りの鎌倉を、霞とともに立ち出でて、白河の関越えてより、花の後追う旅枕重ねて早く陸奥は、平泉にこそ着きにけり、平泉に早く着きにけり。

ワキ　急ぎ候ほどに、はや平泉に着きて候。さていずくを尋ね申すべきやらん。

ワキツレ　げに奥州藤原三代の、御霊を祀ると聞き及びたる、金色堂はいずくやらん。案内者のあらまほしきものかな。

ワキ　げに〳〵よき案内者のあれかし。

前シテ　のう〳〵方々は何を仰せ候ぞ。

ワキ　よき所に老人の参り候。案内を頼み候べし。いかに尉殿。これに御座候御方は、鎌倉方の尊き御僧にて候が、平泉一見との御所望により、我ら御供申しこれまで参りて候。このところの名所旧跡、教えて賜り候え。

前シテ　貴き御方の、遠路はるばるの御参り、忝のう候。みどころ多き平泉、さらば案内申し候べし。こなたへ御参り候え。まず、

あれに見ゆるは衣川。前九年の戦いに、「衣の館は破れにけり」と詠み懸けしは八幡太郎源義家

ワキ　「年を経し糸の乱れの苦しさに」と応えしは安倍の貞任

前シテ　げに情け知るもののふの

ワキ　戦は遠き

前シテ　陸奥に

地謡　黄金花咲く平泉、黄金花咲く平泉、都にもなき栄華の地。まじかに仰ぐ金鶏の山裾めぐる衣川。柳青める北上の流れに影を映すなる、姿やさしき束稲《たばしね》の山々に、盛りの花は同じくて、人の世のみぞ移り行く。藤の葉末の中尊寺、春雨の降り残したる光堂、宇治を写せし毛越寺、また無量光院の、七堂伽藍の輝きに、浄土を願いし人々も、煙と消え、塵となりゆくはかなさよ。柳の御所伽羅の御所、三代の館は名のみにて、義経、弁慶、兼房ら討たれたる、衣の館は跡もなし。げにつわものの夢は破れて今はなき、栄華の跡のなつかしく、栄耀の跡のしのばるゝ。

前シテ　これこそ九郎判官義経公御最期の地、高館の跡にて候。衣の館とて美しき館にて候いしが、見る影もなき有様となりて候。またこれなる御堂に、義経公ならびに郎党の者ども

祀り候えども、去る者日々に疎く、かように哀れなる姿となりて候よ。

ワキツレ　げに判官義経公討たれ給いてはや十年、光陰惜しみても帰らぬ昔にて候ものかな。今宵我ら法要を営み、御霊を弔い申し候べし。

前シテ　あらありがたや候。

ワキ　さてこのところにて判官ご最期の有様、ご存じにおいては語って御聞かせ候え。

前シテ　思いもよらぬ仰せにて候が、あらかた御物語申し候べし。

さても、陸奥の太守にて候いし入道藤原秀衡公、判官義経殿このところに落ち下り候を、親鳥の雛を見るごとく御守り候が、三年あまりの後、病を得てはかなくならせ給う。御遺言には、判官殿をお守りせよとありしかども、嫡子泰衡《やすひら》、錦戸太郎頼衡《よりひら》ら、鎌倉殿の御威勢に恐れ、ついに判官殿に背き、討手を差し向け候。このところにて迎え撃つ判官殿の御手勢わずかに十余人、寄せ手は数百人喚き叫んで攻め懸くる。武蔵坊弁慶、片岡増尾伊勢の三郎鈴木兄弟ら、ここを最期と戦いしが、衆寡《しゅうか》敵せず、ついには皆討たれ終わりぬ。わが君も御自害、いまわの際の仰せにて、十郎権頭兼房、まず幼き頃よりお仕え申しし北の方の御自害を介添えし、つづいて幼き御子、また姫君を、この手にかけて火を放つ、悲しさ口惜しさ、例うべくもあらざりき。

地謡　さても不思議や老い人の、面色かわり地に伏して、嘆きたまうは何故ぞ、御名を名乗りおわしませ

前シテ　名乗らずとても知るべしや、まことは我は権頭、

地謡　兼房が幽霊にてましますか、

前シテ　魂魄この世に留まりて、

地謡　消えぬ恨みのあるものを、われのみならずつわものども、今宵姿を見せ申さんと、声を残して幽霊の姿は消えにけり、幽霊の姿は消えにけり。

〔中入り　アイはなし〕

ワキ　夕陽西に傾きて、夕陽西に傾きて、暮鳥《ぼちょう》ねぐらに帰るなり。寺々の鐘の声、諸行無常とひびく折節、義経公まつる御堂を荘厳し、花を供え香をたき、中尊寺・毛越寺、一山の僧を頼みて、いざ法要を始めん。

ワキツレ　読経（中尊寺にふさわしい経　寺の僧の声明でも）

地謡　光和らぐ春の夜の、眠りをさますはち鼓、幽霊成等正覚《じょうとうしょうがく》の、御法の夜声風うけて、感涙を催すその中に、不思議や御堂震動す。

義経　（作り物の内で）闇の夜に燈火消えたる心地して、冥途の道も知れざるに、はるかに照ら

す山の端の、月の夜声、あら有難の御経やな。我のみならず弁慶・兼房、また郎党の者ども、ともに供養にあずかるべし。いざ御法の場《にわ》に参り会え。

弁慶 兼房 （幕内で）御諚畏まって候。

（引き廻し下す。義経の前に弁慶・兼房平伏）

義経 今は何をか恨むべき。御法の場に参り会い、尊き御経の功徳にて、ともに彼岸に赴かん。さるにても思いぞ出づる十年の昔。秀衡入道亡き跡を弔う煙も消えぬ間に、泰衡・錦戸我に背き、討手の大勢攻めきたる修羅の有様。今宵の御慰みに、御見せ申さん。

ワキ 忝なの仰せかな。知る人もなき御最期のありさま武勇の誉れ、人にも告げ筆にも残し、後の世に永く伝え申すべし。

義経 それこそ望むところなれ。さあらば弁慶、まず語り候え。

弁慶 心得申して候。さても、討手攻め来ると聞きしかば、我は大手に立ち出でて、大薙刀の真ん中握り、我こそは西塔の武蔵坊弁慶、かねて聞こゆる三塔の遊僧、舞延年のときの和歌、一手舞うて東の奴原に見せんとて

地謡 嬉しや瀧の水、鳴るは瀧の水、日は照るとも絶えずとうたり、東の奴原が鎧冑を首諸共に、衣川に流しつるかな。とぞ舞いたりける。敵の者ども驚きあきれ声もなく、静まり

かえるおかしさよ。

弁慶　いざ手並みのほどを見せんとて、鈴木兄弟と鑣《くつばみ》を並べて、どっと喚いて駆けたれば、敵の軍勢逃げまどうその様は、〔カケリ〕秋風に木の葉を散らすに異ならず。されども多勢に無勢の哀しさは、あるいは討たれ深手を負い、一人また一人と倒れ行く。

屋形の内なる我が君に、残る味方はわずか三人、三途の川にてお待ち申さん、と申しあぐれば、

義経　心得たり。我も自害せんずれば、いましばらく敵を防げと命じつつ、

地謡　秀衡眠る金色堂の方へ手を合わせ、また西の方へ向かいて父義朝、母常盤に不孝を詫び、いまは最期と心さだめ、守り刀を取り出だし、乳の下に突き立て腹十文字にかき切ったり。苦しき息の下より兼房を呼び、北の方、御子たちを手に掛けよと命じたれば

兼房　兼房、涙にくれけるが、

地謡　かくては叶わじと腰の刀を抜き出だし、北の方御自害に介錯《かいしゃく》す。五つにならせたまう若君へも二刀刺し貫き、生まれて七日にならせたまう姫君、同じく害し奉り、北の方の御胸に抱かせ奉る。

義経　我は絶え〳〵の息をつき、

地謡　はや〳〵火をかけよとばかり最期の御諚なれば

兼房　いまは心にかかる事なしと、

地謡　御死骸の上に戸、格子を外し置き、走り回りて火を掛くる。おりふし西の風吹き、猛火は御殿をおおいたり。さて薙刀取り直し、敵の大将長崎の太郎をただ一撃に討ち倒し、弟の次郎を小脇に抱え、

兼房　独り越ゆべき死出の山、供して越えよやとて、

地謡　炎の中に飛んでぞ入りにけり。

弁慶　我は君の御自害、

地謡　人を寄せじと守護のため、屋形の前にたちはだかれば、鎧に敵の矢の立つこと数知れず、蓑をさかさに着たるが如くなり。黒羽、白羽、染羽、色々の矢ども風に吹かれて見えければ、武蔵野の尾花の秋風に吹きなびかるゝに異ならず。薙刀突き立てて、仁王立ちしたれども、早や命の失せたれば、馬の、あたりを駆けたるに、真後ろへとぞ倒れたる。弁慶が立ち往生と、目を驚かすこそ嬉しけれ、目を驚かすこそ嬉しけれ。

義経　仏の場に似合はねど、

地謡　後の世までも郎党の、誠の心を伝え給えとて長物語申すなり。秀衡・泰衡・錦戸も、兄

頼朝も今は亡く、恨みを晴らす要もなし。いざ怨念を振り捨ててともに彼岸に旅発たん。

弁慶 兼房 思えばはかなき露の世に、巡り会いたる主従の、実に奇しき縁なりけり。

義経 六道の道の衢《ちまた》に待てよ君　後れ先立つ習ありとも

後の世も又後の世も廻り会え、染む紫の雲の上まで

地謡 雲の上まで雲の上まで。御霊鎮めの鐘の声、陸奥の山川海に至るときは、草木国土悉皆成仏の御法をうけて、義経弁慶兼房主従、戦の内に倒れしもののふ、また災いに流され地獄の業火に焼かれし衆生もともに、永遠の眠りにつきたまえ、いまはただやすらかに眠りたまえや。

（読経、または僧の声明のうちに、ワキら見送る形で終ってもよい）

平泉にとって歴史的な事件であり、つねに人々の関心を集めてきた義経弁慶らの最期を描く能がないことは意外とも言え、残念でもある。

本稿はもとよりフィクションであるが、義経らの最期については『義経記』によった。よって、歴史的事実とは必ずしも一致しない（兼房が架空の人物であることなど）。また、東日本大震災の死者への鎮魂の思いをキリに盛り込んだ。

古典的な能の技法・形式をいかしつつ、とらわれず（能力不足の故でもあるが）、テンポよく展開すること、見せ場をつくることに注力した。今日的な意味を問われるであろうが、見る人によりさまざまな受け取り方があろうし、義経主従の人間的な信頼関係、悲劇的結末は、時代を超えて我々に訴えるものを持っていると思う。テーマは人口に膾炙《かいしゃ》してわかりやすいし、詞章も耳で聞いて理解できるようにつとめた。現代の能として楽しめる作品でありたい。

中尊寺、白山神社の舞台で上演されることが最も望ましいが、その際には、後場の法会の場面で、一山の僧侶たちによる読経あるいは声明が加わると素晴らしい効果があるであろう。

能の普及のためには、地域と関係の深い主題の新作能を作ることが必要であり、市民参加の形ができれば、地域の活性化にも役立つであろう。その点を考慮し、前場では名所教えの形で平泉の風景、また名所旧跡を紹介した。小謡として活用していただければ望外の喜びである。

経文等については未定の部分があるし、適切でないところは中尊寺の皆様のご教示を得て、適宜修正したい。

《支倉常長》はせくらつねなが

時　寛永五（一六二八）年九月十五日　使節出発の十五年後
所　牡鹿半島月之浦（現宮城県石巻市）
人物　前シテ　老人（実は常長の亡霊）
後シテ　支倉常長の霊。
ワキまたはツレ　もと公儀（幕府）船手方 船大工の棟梁
後ツレ3人　黒マントを羽織っている。
ツレ1は裏地が真紅で、裏返して着たときは法皇など僧侶を表す。
ツレ2は裏地が銀色で、裏返せば国王や貴族となる。
ツレ3は青色の裏地で、大臣や武官などさまざまな役。
（黒地の場合は、日本の侍、役人など弾圧をあらわしたり、船乗りであったり、外国人などさまざまに。役を表す持ち物に工夫あるべし）
アイ　月の浦港役人

ワキ　秋も半ばの月之浦、秋も半ばの月之浦、船出の昔偲ばん。

これはかつて大公儀船手方棟梁たりし者にて候。今は隠居の身となり諸国一見と志し、ただいま陸奥月之浦に参りて候。

今を去ること十五年、このところにて一隻の大いなる船、建造せられて候。その名をサン・ファン・バウティスタと申す、南蛮様式の帆掛け船にて候。伊達政宗公の願いにより我ら大公儀の船手方も、その建造に携わりて候。バテレンの教えに学ぶところ多く、意義深き日々にて候いき。

慶長十八年九月十五日、バウティスタ丸、この月之浦よりノビスパンへ向け船出いたして候。その時の有様、いまもまぶたに残り候。

地謡　万里の波濤乗り越えて、めざすは遠きノビスパン、パシフィコの大海の彼方なる、名にのみ聞きし異国の地。たけき風も吹くらん、高き波も襲うらん。神・佛よ、この小さき船を護り給え。これ今生の別れかと見送る人々の声、涙。追い風に帆をあげて旅立つ舟影の、空と海とのあわいに消ゆるまで、立ち去りがたき時なりけり。

ワキ　あら懐かしや候。

シテ　（呼びかけ）のう〳〵方々は何を仰せ候ぞ。

ワキ　や、これはこのところの人にて候か。これは江戸より参りたる者にて候が、過ぎにし日この浦より船出したるバウティスタ丸がこと、偲びおりて候。

シテ　あら奇特や。今をさること十五年、それも今日にあたりて候よ。われらもその時のこと忘れがたく候。

ワキ　まことに今日に当たりて候。さては方々も船出を見送られて候か。

シテ　いや、真は我はバウティスタ丸の船上にありて候。

ワキ　船乗りの者はみな相知りて候が、御身は存ぜず候。さては伊達正宗公より御遣わされ候使節の一員にて候らん。そのときの有様語って御聞かせ候え。

シテ　思い出ずれば懐かしや、いや腹立たしや。船出してより帰国まで、八年の月日は、まさしく無駄になりたるぞ。

地謡　目に映る物みな珍しき異国の地。主君の使命果たさんと、身をすり減らす試練の日々。何の果実も得られずして、帰るこの身の空しさ口惜しさ。いざ帰りてみれば、幕府の御法度厳しくして、外国より帰りし者は罪人。ましてやキリシタンの洗礼受けし者はみな、とらわれの身となりて引き回し・磔・打ち首・火あぶりの刑。主君正宗公、ひそかに御匿《かくま》いくださるれども、幕府の探索きびしくして隠しきれず、ついに捕らわる。

シテ　移れば変わる世の中と、知らぬ身にはあらねども、神も仏もなきものかと恨むも理りなるべし。

〔ロンギ〕

地謡　さては不思議や老い人よ、さほどの試練経し人の、数多ありとは思われず。その名を名乗り給えや。

シテ　さこそ我が名は常ならず、長く語り継がるらんと、思う心も徒波の、消えて久しきはかなさよ。

地謡　さにあらず、さにあらず。その名は我らの心にも、また後の世の人々にも、密かに伝わりゆくならん。

シテ　げに心ある人々の、ひそかな知遇ぞ有り難き。

地謡　その名も高き月之浦、月の出に合わせ待ち給え、昔の姿見せ申さんと、言う声ばかり残りて、亡者の影は消えにけり、亡者の影は消えにけり。

〔中入〕

アイ　これは月の浦港の役人でござる。日も暮れ方になった。見回りに出でうと存ずる。イヤ、今宵は風もなく波も穏やかじゃによって、何事もなく終わるであろう。ありがたいことじゃ。

ヤ、これに見慣れぬ人がいる。いかなる人かたずねてみょう。

ワキ　いかに申し候。見慣れぬ方々にてござ候が、これには何とて御入り候ぞ。

アイ　これは大公儀船手方にありし者にて候が、隠居の身となりて国々をめぐり候。昔、このところへは南蛮式の帆かけ船バウティスタ丸建造のため参りたることあり、懐かしく思い休らいおりて候よ。

ワキ　さてはバウティスタ丸建造のために参られたる御方にて候か。我らも船出見送りて候が、いまは昔の夢となりて候よ。

アイ　さてはそのときの様子、また支倉六右衛門常長殿がこと、ご存じにてや候らん。語ってお聞かせ候へ。

アイ　思いがけぬお尋ねにて候えども、さらば常長殿がこと、お話し申そうずるにて候。さても、我らが主君伊達政宗公、イスパニヤとの貿易をはかり、また新たなる知識文物導入せんがため、バウティスタ丸を建造なされ候。正宗公、イスパニヤ国国王への使節として、支倉六右衛門常長殿を遣わされ候。常長殿、はるばるバシフィコの海を越えてノビスパンの都メキシコとかやにいたり、さらに大いなる海を渡りてイスパニヤへおもむかれたると申す。さりながら、いかなる子細にて候やらん、イスパニヤの王は返答をおこたり、常長殿は、いたずらに時を過ごすばかりなりと、知らせを寄越されたると申す。常長殿、かくてはならじと、自らキリシタンの洗礼を受け、フランチェスコの名を賜り、さらにはローマへとおもむき、法皇とかやに拝謁なされたと申す。かように務め励まれたれども何の実りもなきこそ道理なれ、幕府、キリシタンご禁制触れ出だされたることとイスパニヤにも聞こえ、常長殿と契約したるとも無益とて、相手にされざりし故なり。

かくして常長殿、空しくイスパニヤからノビスパン、さらにルソン島はマニラとかやへ戻りたまう。その地にてバウティスタ丸を人手に渡し、常長殿は便船をえてひそかに正宗公のもとへ帰られたると申す。

キリシタンご禁制の法度、ますます厳しく、常長殿は、ひとたび捕らえられなば、御命失うこと必定とあって、正宗公ひそかに匿われたると申すが、その後のこと、我らも子細は存ぜず候。

ワキ　詳しく御物語候ものかな。かように尋ね申すこと余の儀にあらず。最前これへ一人の老人現れ、常長殿の御物語なされると聞くうちに、月の出を待てと、姿を消され候が不審にて、御尋ね候よ。

アイ　いや、それはさだめて常長殿の霊、仮に姿を見せ給うたものでござろう。今宵はこのところにて過ごされ候へ。

ワキ　心得て候。また御物語忝のう候。

アイ　易き間のことにて候。我らはあの森陰の番屋に候。御用のことあらば御申し候へ。

ワキ　頼み候べし。

アイ　心得申して候。

（アイ退場）

ワキ　名も理や月の浦、ときしも今宵は満月のあまねき光満ち満ちて、げにも妙なる景色かな、げにも妙なる景色かな。月の光は同じくとも、はるかに遠き南蛮の国々。そはそもいかなる所にてあるやらん。類なき見聞重ね知識を得、世を導くべき身にありながら、語り伝える術もなく捕らわれし人の哀れさよ。この松陰に仮寝して、さこそわが名は常ならずと、名乗りし人の影待たん名乗りし人の影待たん。

（シテとツレの男たち３人出る）

（シテとツレの男達の出については、ステージの場合正面スクリーンの下に迫り上がるのが最もよい。照明落とし、黒幕でかくして出ても良い。スクリーンにバウティスタ号の姿が浮かび上がる。シテは一畳台を組んで船の船首に見立てたところに立ち、ツレ３人は船漕ぐ体。能舞台では、橋掛りに作り物の舟・先がとがっているなどバウティスタを象徴的に表すものを出し、シテが乗ったら引き回し外す）

シテ　あれを見よ、あれを見よ。はれゆく霧の彼方に、おぼろに見ゆるは赤き瓦の家々、影のごとくに見ゆるは高き塔にてはなきか。

なんと申すぞ、あれこそノビスパンはアカプルコの港とな。おお、ついにパシフィコの海を越えたり。南無八幡大菩薩、また塩竈の大明神、あら有り難や候。

まずは荒き波風と別れ、固き大地に降り立ちて祝いの美酒を汲もうぞ。

シテ
ツレ　満月の、月の浦より船出して。いままた四度目の満月を、異国の地にて見るぞ嬉しき。

地謡　前途は遠し使命は重し。疲れをいやす間も惜しみ、船を帰し、旅の支度を改めて（シテは絵にある陣羽織をつける。ツレはマントを羽織る）、いまは一行三十余人、ノビスパンよりメリケンの、島々多き海を行き、再び渡るはアトランティコの大海原。たどり着いたるイスパニヤ。（台降りて正先へ）

シテ　我は支倉常長。遥かに遠き海のかなた、ジパングより来たる者なり。

地謡　珍しき見せ物の如く、人々集いて騒ぐおかしさよ。バテレン・ソテロの案内にて、イスパニヤの国王（銀マントのツレ。台上に立つ。青マントのツレ、傍らに立つ）に拝謁す。正宗公の親書奉呈し、貿易・交流願えども、答えのなきぞ不思議なる。（国王は親書を青マントのツレに渡す。ツレはすぐ懐に入れてしまう）

かくてはならじと、家代々の神・佛を捨て、大僧正（シテが正面向いている間に赤マントのツレが台上に立ち、銀と青のツレが左右に従う）の洗礼を受け、キリシタンに改宗す。

シテ　かほどに心をつくせども、何事も変わらぬいらだたしさ。この上はとて、遠くローマに赴きて法皇の前に膝を屈せども、

（カケリ。ツレ3人、黒マント姿でシテの行先・橋掛り・台上・ワキ座などに立ち両手広げて背を向ける）

シテ　ついに答えはなし。月の浦船出してよりはや七年。いまは望みも絶えたり。風の便りに聞けば、日本にてはキリシタン禁制の嵐吹きまくり、異国との交りを絶たんとするとか。天の時利非ず。おお、ついにわが事終わりしか。

地謡　迎えに来たるバウティスタ丸。無念の思いを抱きしめ、空しくたどる故郷への船路。波よ襲え、風よ吹け。海の底に沈むならば、生き恥をさらすこともなからんものを。

マニラにて船を手離し、唐人の船に乗り換えてたどりついたる長崎の港。聞きしにまさりすさまじきキリシタンへの責め苦。磔、火あぶり、打ち首。神を捨てず死を選びたる者幾万人ぞ。無惨やな、哀れやな。

賤しき者に姿を変え、役人の目におびえつつ、からくも踏んだる故郷の地。

（黒マントの３人、障壁となる。シテを捕らえて正中で取り囲む。棒を構えてもよいか）

シテ　なに、父上は、わが罪を問われ切腹仕りたるとな。愚かなり愚かなり。

我は罪人に非ず。主君より遣わされしお役目果たさんがため、ただひたすらに務めしのみぞ。彼の地にて病を得しやらん、やつれはてて戻りて見れば、我を迎える人もなし。捕えられ閉じこめられ、厄病神のごとくに扱われ、病を癒す術もなし。わが辛酸、わが苦しみを知る者はなきか。

おお、我が身の置き所はいづくぞ。

地謡　いまは怨みても甲斐あるまじ。大いなる時の流れに流されし、いと小さき我なり。されども我に偽りなし。誠の心もて生きたり。願わくば心ある人々よ、我が名を語り伝えてよ。ここぞ名に負う月の浦、ここぞ名に負う月の浦、また廻り来し満月の、月の都に迎えたまえ、月の都に迎えたまえ。（合掌）（暗転）

（囃子残る）

この新作能は、伊達藩ゆかりの地、石巻や仙台などでの上演を考慮して、ステージでの上演を前提としている。装置として舞台奥めに一畳台を置く。客席に向かって「小」の字のように三角形に。中央の台は、ずらした二段重ねとし、船首、階段、玉座、司教座など、さまざまに使う。前場では用がないので、後場で迫り上げることができれば最善。スクリーンが使用できる場合は、前場は月の浦、後場は帆を張った船、スペインの町並、王宮、バチカンなどを象徴的に見せてもよいであろう。つまり、能の形式を純粋に守るのではなく、能の形式を借りた演劇として、より総合的な演出を試みるべきと考える。

能舞台での上演も可能であろうが、その場合は橋掛りに象徴的な作り物の舟を表すような装置を置き、これをさまざまに使う。なお欲を言えば、使節一行の出発港である石巻市月の浦の、使節船ミュージアムでの、実際のバウティスタ号をも組み込んだ形での上演ができれば素晴らしい。さらに欲を言えば、使節出発の日である旧暦の九月十五日、満月のもとでの公演ができれば…。その場合は、地元の皆さんにも、船員や随員などの形で参加していただきたいものだ。なお同ミュージアムは東日本大震災の被害をうけたが、復興、新規開館されている。必ずしも交通の便はよくないが、まことに風光明媚なところであり、ミュージアムとしての展示も興味深いものがある。一度ごらんになられることをお奨めしたい。

慶長遣欧使節・支倉常長

慶長十五（一六一〇）年、江戸の修道院長をしていたフランシスコ会のルイス・ソテロは、仙台の伊達政宗に接近する機会を得た。当時江戸にいた正宗の側室の一人が病気にかかったが、フランシスコ派の病院の治療によって彼女が全快したことは、正宗に大きな満足と教会に対する信頼感を与えた。この機会を利用して、ソテロは正宗に近づき、さらにその領国に入ることを許され、布教の許可をえた。

新イスパニヤ（ノビスパン）＝メキシコの総督はセバスティアン・ビスカイノを日本に派遣した。ビスカイノは慶長十六年に浦賀に着き、江戸に入り将軍秀忠に謁した。一行がミサに参列するために、フランシスコ会の教会堂を訪れたとき、伊達政宗が多くの騎馬の家臣と二千名におよぶ兵士を従えて、街頭で待ち受けていた。正宗はビスカイノの前に進んで丁重に挨拶し、ビスカイノのために喜んで、その部下と領国を役立てようと申し出た。

正宗は信任していたソテロの勧告にしたがって新イスパニヤとの貿易を望んでおり、ローマ教皇とスペイン国王のもとに使節を派遣しようと考えていた。ソテロは正宗の努力で時のキリシタン弾圧から逃れ、ビスカイノに周旋して、正宗の費用で船を作らせ、使節の派遣とともにビスカイノたちもアカプルコに戻ることにした。

船は仙台に近い牡鹿郡月の浦港（現石巻市）で建造された。幕府から公儀大工らの派遣があり、横幅五間半・長さ十八間・高さ十四間一尺五寸・帆柱は松材で十六間三尺、五百トン級の西洋式大型帆船であった。サン・ファン・バウティスタ《SANT JUAN BAUTISTA》号と命名された。

使節は正宗の家臣である支倉六右衛門常長、ソテロが副使として案内役をつとめることとなった。日本人およそ百五十人、常長・ビスカイノ一行およそ四十人を乗せた船は慶長十八年九月十五日（一六一三年十月二十八日）、月の浦港を出発し、九十日の航海をつづけて、アカプルコの港に到着した。一行はメキシコ市にゆき、常長は大西洋を越えてスペインに渡り、マドリッドでフェリペ三世に拝謁、正宗からの書簡と協約案を提出した。バテレンの派遣、貿易、相互に来航する船に保護をあたえること、南蛮人の領国居住を許す、などの内容であった。

このころ、マニラが日本との交易の中心になっていた。新イスパニア＝メキシコとの交易も行われていて、もし新イスパニアと日本との間に直接貿易がおこなわれると、マニラは大きな打撃をこうむる。官民の反対があり、こうした交渉の間、常長は九ヶ月の間むなしくマドリッドに滞在した。その間に常長はサン・フランシスコ聖堂で、国王以下大官の列席のもと、洗礼を受けドン・フェリペ・フランシスコの名をあたえられた。

その後支倉はローマに入って盛大な歓迎をうけ、バチカンで教皇パウロ五世の足元にひざまづいて、正宗の書簡を奉呈した。滞在費や旅費が支給され、フランス人画家クラウディオに教皇と支倉の肖像を描かせ（現存）、金銀の記念牌とともに支倉に与えた。

家康が切支丹禁教の態度を明らかにし、迫害の嵐が日本全土に吹き荒れているという情報が、イエズス会からマドリッドに伝わっていた。冷たい空気の中でマドリッドに戻った支倉は、正宗に対するフェリペ三世の返書を手にしたが、正宗が要請した宣教師の派遣や新イスパニアとの貿易についてはまったくふれていなかった。結局常長は、元和三（一六一七）年空しく新イスパニアに戻り、その翌年迎えに来たバウティスタ号でマニラについた。バ号はマニラで売却され、常長等は便船でひそかに仙台に戻り着いた。元和六年初秋のことだった。あしかけ八年の留守の間に日本全土が切支丹禁教の波におおわれていた。

常長は帰国後どのような待遇をされ、死んだのか。死亡は元和八年、五十二歳というが、承応三（一六五四）年二月まで生きたという説もある。父は正宗に切腹を命じられているが、時期は不明。常長は信仰を守り通したのか、失ったのか、妻子はどうなったのか、いずれも不明。苦労に報われぬ気の毒な最期であった。

Sant Juan Bautista

《修禅寺物語》～能形式による～

原作　岡本　綺堂
時　鎌倉時代初期　元久元（一二〇四）年七月十八日
所　伊豆・修善寺温泉
　面打　夜叉王の家
　将軍頼家の、修禅寺の御座所・周辺
人物　シテ　夜叉王（面打）五十歳くらい
　ツレ　源頼家（鎌倉幕府二代将軍。頼朝の長子）二十三歳
　ツレ　桂（夜叉王の姉娘）二十歳
　ツレ　下田五郎景安（源頼家の側近）十七、八歳
　ツレ　金窪兵衛尉行親（鎌倉北条氏の密使・暗殺隊長）
　アイ　楓（夜叉王の妹娘）十八歳
　アイ　春彦（楓の夫）二十歳余
　立衆　下田五郎景安の配下の武士　数人
　　金窪兵衛尉行親の配下の武士（暗殺隊）数人

（夜叉王・桂・楓・春彦登場。春彦はアイ座、姉妹は笛座前に座る）

夜叉王 〔名乗り〕かように候者は、この修善寺に住まいいたす、夜叉王と申す者にて候。さても我都にありてその名を知られたる面打ちにて候いしが、思う子細あってこの修善寺に罷り移り、なおもこの道に精進を重ねおり候。（大小前へ）

いかに春彦。昨夜打ち上げたる面、これへ持ちてまいれ。

春彦 心得ました。（後見から面箱受け取り、夜叉王の前へ置く）

これにござりまする。

夜叉王 （面を取り出し、姉妹に見せる）

桂、楓、そなたたちはこの面を、何と見るぞ。

桂 上様におん生き写し。この上なき出来に見えまする。

楓 将軍家にも、さぞかしお喜びなされましょう。

夜叉王 いや、そなたたちの目は節穴か。恐れ多くも鎌倉幕府征夷大将軍・源頼家様、この修善寺に御座所をお構えなされし折ふし、夜叉王が名を聞こし召し及ばれ、〝我が面影をうつしたる面を打ちて奉れ〟との御諚を賜ってよりはや半年。面打つ者にとりてはこの上なきほまれ、畏まって承り、ご尊顔を拝し、しっかとこの目に焼き付け、精魂こめて面

地謡　を打って参った。さりながらこの面に命なく、魂も入らぬが、そなたらには見えぬか。我が技の限りをつくし、これまでに三つ、四つ、五つと（興奮して）打てども打てども面上に、命の輝き現れず、喜び悲しみ見えずして、冷たき眼、冷めたる肌、死相の見ゆる不吉さは、天魔鬼神の妨げか、そもこは何ゆえぞ。そもこれは何のたたりぞ。

夜叉王　春彦、槌をもて。この面、打ち壊さねばならぬ。

楓桂　父上、お待ちを！（両袖を控える）

景安　（二の松で）いかにこの内に案内申そう。

春彦　案内とは誰そ。や、これは下田五郎景安様。

景安　上様おしのびにてお越しのよし申し候え。

春彦　心得て候。そのよし申し上げうずるにて候。いかに夜叉王殿、頼家様お忍びにてお越しにござりまする。

夜叉王　こなたへと申せ。

春彦　心得ました。こなたへ御入り候え。

（三人平伏して迎える、頼家はワキ座へ、景安・春彦は地謡前に座る）

夜叉王　思いもよらぬ今宵の御成り、御用の趣はなにごとにてござ候ぞ。

景安　今宵の御成り、余の儀にあらず。かねて申し付けたる面のご催促なり。

頼家　いかに夜叉王。余の面体を後の形見に残さんと、絵姿まで渡してよりはや半年。遅延の釈明申し立て、いまだ埒明かぬは曲事にてあるぞとよ。

夜叉王　仰せ被りかたじけなく、わが職の誉れ身の面目、未熟ながらも精魂こめて打ち奉りて候さりながら、打ち直し打ち直せども何ゆえか、意にかなうもの一面も出来申し候わず。いましばしのご猶予願い上げ奉り候。

頼家　猶予とは。

夜叉王　我が意にかなう面の出来ますするまで、半年、いや一年か二年か。

頼家　おのれ余をあなどりおるよな。（刀に手をかける）

桂　おん待ち候え。（止めに入る）

楓
春彦　お、お許しを。

桂　申し上げ候。面はただ今献上申し候べし。いかに父上、この上は是非もなきこと。それなる面御納めなされませ。

春彦　そうじゃそうじゃ。桂どの、早うお目にかけさしませ。

桂　（桂は面を取り出し、頼家に差し出す。頼家はしばし桂の顔を見つめる）
これは昨夜出来いたしましたる面にて候。父夜叉王がこれまで心をこめて打ちてまいりました証《あかし》にござ候。

頼家　おお、見事なり。さてもよう打ちたるものかな。

景安　（春彦に）お心に叶いてあるぞ。追って褒美を下さるるであろう。

春彦　アーア、安堵いたしてござる。

夜叉王　（一言言おうとするが、頼家が桂に気をとられているのを見て、やめる）

頼家　（桂に面を返し）そちは桂と申すか。余の側につかえる心はなきか。

桂　ありがたき仰せ、畏まって候。鎌倉山とはほど違い、もの寂しきこの山中のご座所、いささかなりともおん慰みになりますれば、身にあまる幸せに候。

頼家　鎌倉は天下の覇府《はふ》、大小名の武家小路、甍を並べ綺羅をきそえど、そは上辺の栄えにて、うらは恐ろしき罪の巷。人間の住むべきところにあらず。暫しがほどはこのところにて、そなたとともに心静かにすごしたきものにてあるぞとよ。

地謡　温かき湯の湧くところ、温かき人の情けも湧くとかや。罪なくして配所の月を眺めんこと、我にもまた望みなれ。

頼家　桂、この面を持ちて、ともにまいり候え。

桂　かしこまって候。

（頼家と景安立つ。桂は面箱を持って従う。春彦立ち）

春彦　これはめでたい。桂どのはかねてより上つ方のお側にお仕えするが望みであった。上様お側にお仕えなさるとは、これ以上の幸せはないというものじゃ。

楓　いかにもさようじゃ。これ春彦どの、ご座所まで、お見送りしてくだされ。

春彦　心得た。いや、めでたい、めでたい…。

（一行は幕へ。見送った夜叉王悲痛に）

夜叉王　余儀なき次第とは申しながら、死人《しびと》のごときあの面。上様お手に渡りしは一期の不覚。

地謡　これぞ伊豆の住人夜叉王が打ちし面よと、宝物帳にも記されて、百千年の後までも、人のあざけり受くならば、末代までの恥辱ぞと、追わんとせしが力なく、その身を打ちて嘆きける。さるにても不思議やな、いかなればあの面、不吉の相の浮かぶやらん、もしや大事の兆しかと、桂が跡を思いやるこそ親心なりけれ。

（囃子急調になり、春彦が走り出てくる）

春彦　大変じゃ大変じゃ。ご座所に夜討ちがかかった。夜討ちじゃ夜討ちじゃ…

夜叉王　何と御座所に夜討ちとな。かねて聞き及ぶ鎌倉北条殿の討っ手であろう。上様はご無事か。

楓　姉様はどうした。そなたは、姉様をおいて逃げ戻ったか。

春彦　桂どのが、上様お側をはなるるものか。その上、あたり一面寄せ手の松明、槍・刀は光る、鬨《とき》の声は海なりのごとし。上様如何なされたか、様子は知れ申さぬ。いや恐ろしうて、逃げてまいったわいやい。

楓　ここに薙刀がある。姉様は薙刀の上手。せめてこれだけでも姉様に届けてこい。

春彦　何じゃ、薙刀を届けろと言うか。

楓　なかなか。それとも妾《わらわ》が行くか。

春彦　何を申す。女のそなたに行かせて、男が隠れていらるるものか。

楓　それならば、早う行け、早う行け。

春彦　いま行くわいやい。さてさてわわしい女かな。これは怖ものじゃ。まことに口は災いのもと。（など言いつつ幕へ）

（夜叉王と楓はワキ座でくつろぐ＝場面転換のため、居ないことを表す手法）

（桂・下田五郎景安・頼家の近習ら登場。舞台へ入る。桂は面をつけている。橋掛りで幕に向かい）

桂　やあやあ、左金吾頼家これにあり。いざ見参、見参。

景安
立ち衆　おー。

（幕揚がり、北条方の討ち手登場）

行親　これは金窪兵衛尉行親なり。ふびんなれども主命により、お命頂戴つかまつらん。者共、かかれ。

（これより切り組み。はなばなしく戦うこと）

（両軍入れ替わり、桂たちは人数半減して幕へ入る。北条方も追って入る）

（夜叉王・楓、もとの位置へ。場面が再び夜叉王の家に戻ったことを表す）

春彦　（小袖をかぶって、幕から登場）恐ろしや恐ろしや…。

楓　こちの人、なんとしたぞ。姉様はご無事か。

夜叉王　上様は何となされたぞ。

春彦　上様の様子は知れませぬ。桂どのに薙刀は届けたが、敵が襲ってまいっての。命からがら逃げて参った。あら恐ろしや、追っ手はこぬか。（と楓の背後に隠れる）

（桂、面をつけたまま幕から現れる）

夜叉王　や、あれに見ゆるは何者ぞ。頼家君か。いや、あの姿は、桂、桂ぞ。桂、なんとした。や、傷を負うたるよな。こなたへ参り候え。（桂、大鼓前あたりで面を外す。倒れ伏すように座り）

夜叉王　これ桂、心をはったともて。

楓　姉様、この体はなんとなされましたぞ。

桂　上様お風呂を召さるるおりから、北条勢が不意の夜討ち。女ながらもこの桂、これぞ最初のご奉公と、この面つけて御身替わり。しばしは敵をあざむきましたれど、上様ついにご落命。

地謡　われも深手を負うたれば、いまは最期と極まりたり。望み叶うておん側に、お仕え申し喜びも、つかの間なりし無念さよ。されど再びあの世にて、お側に侍り候わん。それこそいまわの望みなれと、言う声も絶え〲に消え行くことぞ哀しき。

夜叉王　いかに桂、たしかに聞け。汝のかんばせ面に写し、頼家君の面に添え、修禅寺に納むるぞ。心安く思い候え。

桂　あら嬉しやさりながら、先立つ不孝お許しと。

地謡　これを最期の言葉にて、これを最期の言葉にて、ついに空しくなりにけり。はかなきかなやうたかたの、仮のこの世に生まれきて、すごせし時は二十年。今は憂世を疾《と》く去りて、西に輝く夕月の桂の花と咲き誇り、この世を照らしたまえやと、祈るぞ哀れなりける、祈るぞ哀れなりける。

（楓と春彦、桂に小袖を被がせ、死骸を運ぶ体にて幕または切戸へ退場）

（夜叉王は見送って手を合わせ、頼家の面を手に取り）

夜叉王　我が技の拙なきにあらず、鈍きにあらず。

地謡　神ならで知ろしめされぬ人のさだめ世のさだめ、わが面に現れしぞと、夜叉王面をいただきて、天晴れ天下一の名を、後の世までも残しけり。温かき湯の湧くところ、温かき人の情け湧く。いで湯の里は修善寺に、今は昔の物語、今は昔の物語。

岡本綺堂の原作は、新歌舞伎の脚本として発表され、明治四十四年明治座で初演された。盟友二世市川左団次が夜叉王として名演を見せたと云われている。今回は能舞台での上演を念頭に書いたので結末が違っている。原作では夜叉王が桂の死に顔を描き留めるところで幕が下ろされるが、能舞台には幕がない。ここでは、親子の情愛、桂への思いやりを前面に出し、夜叉王の述懐と舞で終わることにした。

修善寺で上演されることが望ましいが、その際には、夜討の場面での侍たちに地元の皆様に公募などで参加してもらい、華々しく立ち廻りができれば、住民参加の良い例となるであろう。いずれは住民の皆さんだけで上演ができるようになれば、修善寺温泉の名物となることも…。

岡本綺堂の『修善寺物語』については、筑摩書房『筑摩日本文学全集・岡本綺堂』によった。岡本綺堂（一八七二〜一九三九）は、市川左団次のために書いた歌舞伎脚本のほか『半七捕物帳』『三浦老人昔話』などで知られる。

なお本作では、基本的なシチュエーションは同じであるが、能の技法と語法に当てはめているため、原作とは著しく異なることは言を俟たない。

〔新作新内〕——隅田川心中

この作品は、平成十六年、豊田市能楽堂での『江戸の粋を楽しむ〜能楽堂でみる日本の伝統芸能シリーズ10』で初演された。その後も新内仲三郎さんにより再演されている。新内に限らないが、邦楽の古典はとかく言葉がわかりにくい。この作品では、語りで情況・背景を説明し、本題は新内で展開するが、難解な言葉は使っていない。新内の心中物は悲惨な結末が多いので、ハッピーエンドというのは嬉しいとお客さんに言われた。

初演の出演は
司会と語り　山口崇
弾き語り　新内仲三郎（人間国宝）
浄瑠璃　新内剛士
上調子　岡本宮之助
陰囃子　望月喜美
の皆さんであった。

〈語り〉

吉原仲ノ町。軒を並べる茶屋の二階から、信之助は外を眺めていた。ひやかしの客はもういない。仕出しの料理を頭に載せて、台屋の若い衆が急ぐ。角を回って近づく新内流し。馴染の客を送ってゆくらしい女たちの提灯。町内警備の鉄棒引きの、チャランチャランと鳴らす音。どこやらで犬の遠吠え。冴え渡る秋の月。

信之助は日本橋の糸問屋の養子として、当主長兵衛に厳しく育てられた。父には頭が上がらず、小遣いにも不自由し、やっとのことで半月ぶりに来た吉原だった。敵娼（相方）の白糸はまだ現れない。風が肌に冷たく、新内流しの連弾きは、信之助をますます人恋しくさせた。

〃お二階の旦那、一ついかがでござんしょう〃

〃ああ、聞かせてもらいましょうか〃

〃お好みは？〃

〃蘭蝶《らんちょう》かな、やはり〃

〃承知いたしやした〃

（新内一くさり聞かせる）

声色師の蘭蝶は、遊女・此糸と馴染み、ついに心中する。浦里・時次郎の心中は「明烏」に唄われる。遊女を愛してしまった男たち。

〝私はどうしたらいいのだろう〟

悪友たちに誘われてはじめて茶屋に上がったとき、顔を合わせた遊女白糸が、幼馴染のお美代であったとは。お美代の父が流行り病に倒れて家業は傾き、母と弟・妹を養うために、お美代は身を売った。

〝遅くなりんした〟

お美代、いや白糸が来た。いつもならすがりついてくるのに、敷居際に座った白糸の顔を見て、信之助は恐れていた時が来たことを知った。

〝さるお大尽から、身請けの話がござんした〟

莫大な借金を抱えた白糸に、断ることはできない。といって信之助には、お大尽の向こうを張って白糸を身請けするだけの金はない。

信之助の胸に、一つの言葉が、次第に大きく響いた。

〝心中、心中、心中！〟

〔ここから新内〕

〝はや身請けの話はすみ、今宵は顔を見るだけだが、明日は迎えをよこすと、お大尽さまのおことば。ああ、なんとしましょう〟

なすすべもなき二人の哀しさ、ただ手を取り合って…。

〝お美代、一緒に死ぬるか〟

〝はい。よう言うてくださんした〟

苦界に身は沈めていても、心は汚れておりませぬ。この世で添われぬ信さまと、あの世で夫婦となれる幸せ…あとは言葉も要らばこそ、見つめ、抱き合い、求め合い、今宵限りの命ぞと、ただ今生の思いのたけをこめた契りの深き床。たちまち過ぎ行く無情の時。

〝あの鐘は九つ、夜も半ば〟

〝名残は尽きぬが〟

今は思い切るときと、身づくろいしたお美代、信之助。

〝死ぬとは言っても刃物はなし。台所から包丁を〟

〝いえいえ、あちきは痛いのは嫌でありんす〟

〝ならば、あの欄間にたすきを掛けて、首を〟

〝そのような見苦しい死にざまは嫌でありんす〟

〝そんなら二人しっぽり抱き合ったまま、薬を入れた酒をのんで、コロッと楽に死ぬるというは?〟

〝それならようござんしょう〟

〝生憎、その薬がない〟

〝いっそお前の首を絞め〟

〝いえいえ、それはなりませぬ〟

どうせ死ぬ身じゃないかいな、何わがままと思わりょが、最後に見せるこの美代が、醜い顔、みじめな姿では、そりゃあんまり哀しうござんす。きれいなままのこの美代を、あの世へ行っても忘れずにいてくだしゃんせ信さま。それが女心でござんすわいな…。

〝そりゃもっともな…そうじゃお美代、幼いころ毎日のように遊んだ隅田の川岸。あの川へ身を投げ〟

浮き名を流し流されて、あと白波の海までも、まいりましょうと心を合わせ、

〝先立つ不孝お許しを〟

〝愚かな奴とお笑いください〟

ひと筆しるして手を合わせ、詫びる心の哀れなる。

女は出さぬ吉原大門、お美代は男に身をやつし、深編笠に顔かくし、まだ夜も明けぬ朝帰りの男たちに紛れて木戸を抜ける算段。もしも露見のその時は、この手に掛けてと懐に隠しもったる刃物が頼り。素知らぬ顔で近づく大門、不思議に何の咎めもなし。

これは神の助けかと急ぐ夜道は見返りの、柳も早く通り過ぎ、たどりたどりて大川端。

はや東雲の空に夜明けのほの白く…。

〝明るくなっちゃあ、こと面倒。早いとこ飛び込まなくちゃあならないが、あいにく私は泳ぎができる。思わず泳いじまって私だけ、助かっちゃあ話にならない。これは重しがわりに〟

石を拾って懐に詰め込み、いざ川端へ向かったその時。

〝そこのお二人待った、待った！〟

ハッとお美代が見れば身請け話のお大尽。

〝あれはお大尽！〟

〝さては追手か！〟

お美代の手を取り信之助、川へ向かって走り出す…。

〝お待ちくださいお嬢様、お美代さま！〟

〝お嬢様、徳助でございます、徳どんでございます、お待ちを！〟

〝その声は、確かに徳どん。でも、でもお前はお大尽さま…〟

二人の前に手をついて、頭を下げたお大尽、いや徳助。

〝お嬢様、これはみなこの徳助の仕組んだこと。旦那様へのご恩返しのためでございます。

どうかしばらくお聞きくださいましょう〟

いまは十五年のその昔、ふとしたことから喧嘩・口論。お店の手代に傷負わせ、お暇出されたその時に、お旦那様がこっそりと、くだすった二十両。この金元手に身を立てて、晴れてお江戸に戻って来いと、お情け深いおことばの、有難涙に落ち行く先は相州小田原。寝る間も惜しみ身を粉にし、働きつづけた十余年。その甲斐あっていまじゃあ、人にも知られる相模屋の、主となって名も徳右衛門。さあご恩返しと訪ねてみれば、なんと旦那様はお亡くなり、ご一家は離散、お美代さまは吉原と。

聞いたこの身の口惜しさ。なぜにもっと早くお訪ねせなんだと、悔やんでみても…。

せんかた涙に語るぞ誠なる。

〝さっそくお嬢様の借金に片をつけ、ご一家そろってお暮しをと、思ったところで知ったのは、信之助さまのこと。お嬢様が本気で好いておいでと聞いて、では信之助さまは、どこまで本気でおいでなか。私が身請けと言い出せば、ご両人が何となさるか、それで心が知れようと、ひそかに見張り、後をつけてここまで本気と知って声かけました、と聞いて信之助

〝なんと私の心を疑うとは！　そりゃあんまりな…〟

〝ま、まお許しください。こう疑うも商人の、用心深さゆえ。お二人の心のうち、しかと確かめましたこの上は、一日も早い祝言が、亡き旦那様へのご恩返し。お美代さまは、この徳右衛門の養女、娘として正式に、長兵衛さんに話をいたします、どうぞお任せくださいましょう〟

〝地獄で仏とはこのことか、のうお美代〟

〝はい、この上は徳右衛門さまに、すべてお頼み〟

〝申しまする〟

〝心得ました〟

というも涙に…。

〈語り〉

晴れて夫婦となった信之助とお美代が、これも観音様のご利益と、お礼詣りに浅草寺へ出かけたのは師走も半ばのころだった。その帰り、二人はどちらが誘うともなく隅田川の堤に立っていた。

〝おお寒。いまじゃあとても身投げする気にはなれねえなあ〟

川風を防いで信之助は羽織の中にお美代を包んだ。

〝あのとき声がかからなかったら、今頃は「隅田川心中」って、新内流しで浮名を唄われていたかも知れないねえ〟

聞いて信之助、チチチンリンと口三味線。

〝此糸・蘭蝶ならぬ、白糸・信之助か。ちょっと惜しい気もするなあ〟

(三味線あって)

〈時代小説〉—かぶき踊り『采女草紙』の女

本作は、四十代のころに書いたもので、何であったか小説の公募に参加、一次予選は通過したもののその先へは行けなかった。今回、一部短縮し書き直したが、ほとんどその時のままである。それなりに工夫し懸命に書いたもので愛着があり、今回発表することにした。阿国かぶきが後世に残した芸能に興味があり、すこし研究していた頃の副産物である。

歌舞伎の始祖といわれる出雲阿国。彼女とその時代の芸能は、戦国時代から信長・秀吉の全国制覇による平和と繁栄の時期を迎えて花開いた。その名残として、新潟県の柏崎付近に伝わる「綾子舞」、静岡県の徳山に伝わる「ヒーヤイ踊」などがある。少女たちによって舞われる小歌踊りはまことに美しく愛らしく、初期のかぶき踊りについて幻想をさそう。本作もその幻想から生まれたものである。

諏訪春雄編『歌舞伎開花』(角川書店)に掲載された初期かぶき踊りの絵が参考になった。

一　刃傷

「失礼でございますが、お奉行所の、加賀爪弥三郎さまでいらっしゃいますね」

「いかにも加賀爪だが」

女に名を問われて何気なく返事をした弥三郎に
「今日でなければ!」

短く叫んだ女は、袖にかくしていた短刀で切りつけた。左腕上膊に衝撃を感じた弥三郎は、仰天しながらもとっさに跳びすさり、右手で女の短刀をたたき落とした。供の中間が女の後ろからとびかかり、羽交い絞めにした。

女は抵抗せず、おとなしく縛りあげられた。三十歳くらいであろうか、年増ながら姿はキリッと引き締まり、派手な小袖がよく似合う、芸人か遊女かと思わせる風情のある美女であった。弥三郎はその顔に見覚えがなかった。

慶長十八年九月二十日の夕刻、江戸町奉行所から半町ほどはなれたお堀端での事件であった。弥三郎は女を引き立てて奉行所にもどった。役目を終えて帰宅する途上だったのだが、自身が狙われたとあってはそれどころではないし、血が滴る傷の手当ても急を要した。

呉服橋御門内の江戸町奉行所、それは同時に町奉行島田次兵衛利正の屋敷である。利正は奉行に任命されたばかりで、知らせを聞いておどろき、自ら取り調べに当たった。部下の不祥事であれば事は重大である。

女は自分から「山城国かぶき踊采女一座」の座長、采女と名乗った。一座は五日前から神田明神の境内で櫓《やぐら》を挙げて興行しており、采女の舞台姿を見た市中見廻りの同心がいて、確認された。采女は南蛮風の男姿がよく似合う、かぶき踊りの花形として人気なのだという。

奉行の取り調べに対し采女は

「加賀爪さまは私をご存知ではございませぬ。なれど、私には積年の恨みがございます。いつか一太刀報いたいと念じておりました。お役人さまに刃傷に及んだ者は伊豆の島々へ流刑になるお定めと承知しております。どうぞ私を新島へ流してくださいませ。私は切支丹でございます。新島には切支丹が流されておると聞き及んでおりますゆえ」

と述べ、かねてより覚悟の行為であることを思わせた。奉行所の近くで弥三郎を襲ったのも、すぐに捕えられることを願ってのことであろう。

一方、弥三郎は、女には一面識もなく、まして恨みを買う覚えはないと主張し、朋輩たちもそれを認める証言をした。利正はどうやら部下の不祥事ではないと知って安堵した。幸い弥三郎の傷は浅く、二日も休めば執務に差支えない程度に回復すると診断された。

弥三郎は奉行に、自分に采女の取り調べをやらせてくれ、と願い出た。なぜ采女は自分を狙ったのか知りたかった。利正は弥三郎の願いを認め、明後日から取り調べにかかるよう指示した。公正を期するため、弥三郎の先輩である宮村又七郎が立ち会うことになった。采女はその時まで伝馬町の牢屋に留め置かれる。

加賀爪弥三郎はこのとき二十九歳、加賀爪家の三男で部屋住みの身から縁故をたどって奉行所に奉職、最近与力に取り立てられたばかりであった。幕府が開かれて間もないこの時期、急速に発展する江戸の治安と行政を受け持つ奉行所が人手不足だったおかげと言えた。妻と死別し、いまは独身で気楽に過ごしているが、今度の事件は自分自身がからんでいるのだから、疑問の余地なく明快な結果を出さなくてはならない。弥三郎は尋問の組み立てに頭を悩ました。

九月二十三日の朝から、取り調べが始まった。先輩の宮村又七郎が横に座っている。

まずは型通りに年齢を問う。采女は三十四歳だと答え、弥三郎は意外に思った。女としては大柄で背も高く、切れ長で釣り気味の目が印象的で若々しい。生国を問われると、

「朝鮮の国、晋州《しんしゅう》でございます」と答え、また弥三郎を驚かせた。

「新島へ流されたいと申すのは何ゆえか」

「新島には、ジュリア・おたあと申す者が流刑になっているはずでございます。この者は子供の頃から私が世話しておりました。私どもは朝鮮の者、ほかに身よりはございません。新島で一緒に暮らしたいのでございます」

この返事は、ますます弥三郎を驚かせた。ジュリア・おたあは、駿府で大御所家康公の大奥に仕えていた女である。前年の幕府直轄地の切支丹追放で、ほかの信者と共に伊豆の島へ流刑になったことは江戸町奉行所にも知らされていた。弥三郎は意外な背景に緊張した。

采女は、弥三郎の問いに応えて積極的にしゃべった。弥三郎は、この女は私に話すことがある、話したいのだと感じて不思議に思った。

「私は朝鮮の名を催麗花《さいれいか》と申します。父は栄福といい、金海府使・李宋仁さまの執事でした。母は春姫、歌と踊りの上手でした。子供の頃のことはお話することもございませんでしょう。私が日本へ参ることになりましたのは、日本の軍勢が朝鮮へ攻めてきたためでございますから、その頃のことからお話申し上げます。それは忘れもいたしません、宣祖王さまの葵巳《みずのとみ》の年、日本でいう文禄二年のことでございました。私どもの一家は、晋州城内で李宋仁さまご一家にお仕えしておりました。私は十四歳で、五歳になった明宝お嬢さまのお守を命じられておりました。といいましても姉と妹のように仲良く、毎日歌ったり踊ったり、日本との戦についてもさして心配せず過ごしておりました。そこへ、日本軍が再び攻めてくるという知らせが届いたのでございます。

二　晋州城

文禄元（一五九二）年、太閤秀吉は朝鮮への出兵を命じた。四月、釜山浦《ふざんぽ》に上陸した、主として西日本の大名たちによって編成された日本軍は、たちまち朝鮮全土を蹂躙《じゅうりん》したが、晋州城守備軍はこの時の攻撃を退けた。日本軍は奥地まで攻め込んだが住民の抵抗・食料不足、さらに明の援軍に阻まれ、押し返されて、翌文禄二年には朝鮮南部の、対馬が見えるような地域に集結していた。

六月、太閤秀吉は晋州城攻略を命じ、加藤清正・宇喜田秀家・小西行長らの大名による日本軍およそ五万の兵が、晋州城に向かった。前年の攻撃失敗に対する報復であった。

城内ではこの日本軍来攻を知っていた。二十日に、明国の対日交渉役である遊撃・沈惟敬が、晋州城の牧使・徐礼元らに通報してきたからである。

「城内を空にしておけば日本軍は城を焼くだけで引き揚げるだろうから、全員城から撤退するように」と沈は勧告していた。じつは、この情報の出所は小西行長であった。行長は日本軍の大将でありながら、敵に情報を漏らしていたのだ。

沈の勧告をめぐって、城内は二つに割れ、撤退派と抗戦派が激論を戦わせたが、結局、忠清兵使・黄進ら抗戦派の意見が通った。明国の援軍が来ていることに期待し、また民族の誇りにかけて倭賊どもに思い知らせたいという、激しやすく声の大きな者が勝った。

この時、城内にいた者およそ七万人、うち戦闘能力のある者は四万人足らず。それも寄せ集めの老兵や義兵、戦闘経験のない商人や職人らが多く、武器も日本軍に劣っていた。城そのものも、南側こそ南江が流れて天然の要害となっていたが、のこる三方は平野に面して、守りにくい地形であった。一方日本軍には、釜山に近く南江の水運を利用できるので、武器弾薬・人員の補給も容易で戦いやすい。

六月二十二日、日本軍の攻撃が始まった。はじめの三日ほどは、城兵は善戦して敵を寄せつけなかった。日本軍は戦局打開をはかるべく巨大な櫓を作り、城壁より高いところから城内を見下ろして銃撃、さらに火箭《ひや》が藁屋根に突き刺さって火事を誘発、城側に多大な損害をあたえた。

戦いが六日目ともなると、戦国の実戦を経験し、人員装備においてもまさる日本軍の猛烈な攻撃の前に、城方は矢弾もつき、勝敗の見通しは明らかになった。

「援軍はまだか！　明の大軍はどうした！」悲痛な叫びに、見張りからの答えは無情だった。

「影も見えぬ！」


七日目の夕刻のことでございました。ご主人の李宋仁さまは父の栄福と私をお呼びになり、

「お前たちは明宝をつれてこの城を落ちてくれ。今夜深更、闇にまぎれて南江へ出るのだ。小舟が用意してある。向こう岸へ渡り、智異山の華厳寺へ行け。叔父が住職をしているから心配はいらぬ。うまくやってくれ、頼むぞ」と申されました。ご自身は奥方さまともども、最後まで残って戦われるお覚悟とみえました。真夜中に、星明りを頼りに城の裏側の崖にきざまれた小道をたどり、私どもは小舟に乗って南江へ漕ぎ出しました。大雨の後で川の水は増水しておりました。岸に沿ってくだり、流れがゆるやかになったところで対岸へ渡ろうと方向を変えたとき、まったく思いもかけず、闇の中から小舟が現れ、私どもの舟にぶつかったのでございます。危うく投げ出されそうになって、私は思わず叫びました。

「クンニルナッタ（大変だ）！」すると相手の舟からは、耳なれぬ叫びがしました。日本のことばで、「女だ！」とか「つかまえろ！」とかいったことだったのでしょう。たちまち

槍や刀が光り、棒や棹が伸びてきました。父は「麗花！　明宝さまを抱いて飛び込め！」と叫び、剣を抜いて振り回しました。私は泳ぎが得意でないことも忘れ、明宝さまを抱いて川に飛び込んだのでございました。

何度もおぼれそうになりながら、私たちは下流の岸にたどりつきました。明宝さまも水を呑んでいましたが、命に別状はありませんでした。疲れと不安のあまり、抱き合って動くこともできず、岸の柳の下に座りこんで、いつの間にか眠ってしまいました。

どれほどの間眠っていたのか、誰かに身体を触られているのに気づきました。あたりはほの明るく、男が、私の着物を脱がせようとしておりました。髭面の、日本の侍でした。侍はもう袴を脱いでおり、私も裸に近い姿にされていたのです。私が目を覚ましたことに気づいた侍は、ニヤリと笑いました。あのときの驚きを一生忘れることはないでしょう。

麗花はとび起きた。侍の手を振り切って逃げた。が、明宝の悲鳴にふりかえった。侍が明宝に刀をつきつけていた。麗花は動けなくなった。侍が怒鳴った。

来い！　と言っていることは明らかだった。行けばどうなるかも。しかし行かなければ明宝がどうなるか。麗花はどうしたらよいかわからず、顔を覆って泣き出した。

侍が明宝をひきずって近づいた。腕をつかまれたとき、麗花は覚悟した。草の上に押し倒され、明宝の泣き声が一段と大きく、叫ぶように聞こえた。

「何をしておる!」といったことだったのだろう、鋭い声がかかり、のしかかってきていた侍が跳ね起きた。若い侍が立っていた。二人が口論をはじめ、髭の侍が刀を抜いた。若侍も飛び退って刀を構えた。

気負って切りかかる若侍の太刀を、右へかわした髭侍の刀が、若侍の左肩へ切り込んだ。辛くも受けた若侍は後ろへ転倒、振りかぶって切ろうとした髭侍の下腹部に、若侍が右腕をいっぱいに伸ばして刀を突きだした。深々と刀が刺さり、髭侍は絶叫して倒れた。鎧を脱いでいたのが不運だった。

刀にすがってよろよろと立ちあがった若侍は髭侍にとどめをさすと、その場に崩れた。肩から血が滴った。

「倫之助! 倫之助!」

声と共に朝霧の中から、数騎の武士たちが駆けつけてきた。若侍は助けられ、抱き合って震えていた麗花と明宝は捕えられた。

軍馬のひずめの音が一段と高くなり、多数の将兵が近づいた。小西摂津守行長の軍団であった。この時から麗花の運命は小西行長にふりまわされることになる、宿命的な出会いであった。

その夜、私は小西行長さまの通辞張大善から厳しく尋問されましたが、自分は百姓の娘で、戦火をさけて隣村の伯母のところへ向かう途中だったと言い通しました。しかし私の嘘はすぐに露見してしまいました。驚いたことに、小西の殿さまが明宝さまにお菓子をくださりながら、とつぜん朝鮮の言葉で「アボジの名は？」とお聞きになったため、明宝さまは思わず「李宋仁」と答えてしまったのです。着ているものが上等なので、怪しく思っておられたのでした。もう隠しようはありません。私も本当のことを申し上げるしかありませんでした。殿さまは私に「倫之助のそばにいて看病するように」と命じられました。武将らしい立派なお姿に似合わぬ、穏やかなお目であったことを今もよく覚えております。私を助けてくださったのは、殿さまのご近習で、和泉倫之助さま。そのとき十六歳でした。

小西行長の名を耳にしたとき、弥三郎は、かつてその目で見た、関ヶ原の戦に敗れて投降してきた行長の、とらわれの姿を想いうかべた。そして、それにつづいて浮かび上がってくる、あの根強い、悪夢をともなう記憶…。かすかに不吉な予感があった。

翌日、晋州城は陥落しました。李宋仁さまは、鬼神のように戦われた末に、両腕に日本人を一人ずつ抱えて南江に身を投じられたということでした。「敵ながらあっぱれ、とお侍たちが話しておったぞ」と通辞の張が知らせてくれたのです。

この日、お城にいた者は、赤児にいたるまで一人残らず殺されたということでした。李宋仁さまのご一家も、私の母も殺されたか自害したにちがいありません。父もどこかで死んだでしょう。この時から、明宝と私は孤児になり、幼い明宝をお守りするのは私の責任になりました。和泉倫之助さまは傷が悪化し、発熱して苦しがられていました。私の為に怪我をなさったようなものですから、私は一生懸命看病いたしました。お役に立っていれば殺されることもあるまい、いつかは解放されるかもしれないという期待もありましたが、看病中はそんな打算は忘れていました。

物事は思わぬ方向に変わるものでございます。殿さまは明宝と私を、倫之助さまとともに、お国の肥後宇土のお城へ送るように命じられたのです。戦が終わって、けが人や病人を、戦利品や捕虜とともに日本へ送りかえすことになったとのことでございました。

「勇将李宋仁の娘明宝、粗略に扱うことはできぬ。国元にて奥の侍女として面倒を見るように」とのご意向でした。

船出は七月半ばとさだめられました。幸い倫之助さまの傷は回復に向かい、お若いだけに日に日に元気になられました。起き上がれるようになると、倫之助さまは私どもに簡単な日本語を教えてくださり、筆談もまじえながら「自分にも五歳になる妹がいる、明宝とも仲良しになるだろう、それに宇土には朝鮮から連れてゆかれた者も多勢いるから、おまえたちも淋しくあるまい」と申されました。そのことが私どもの不安をどれだけ慰めてくれたかしれません。

朝鮮水軍の襲撃に備え、数十隻の船団を組んだ諸藩の船は、夜明けとともに釜山浦を出発、対馬に向けて漕ぎ出した。船内には病人・怪我人が隙間もなく寝かされていた。外海に出て帆走にうつると船ははげしく揺れ、麗花と明宝はたちまち船酔いで動くこともできなくなった。倫之助がそんな二人をはげまし、肩の傷をかばいながら二人が桶に吐いたものを捨てにいき、竹筒の水をのませてくれた。

「カムサハムニダ。ありがとうございます」

看護すべきものが看護されている。誰彼の区別なく世話をしてやっている倫之助の優しさに、麗花は心うたれた。

船団は対馬の東海岸を進み、風待ちの泊りを重ねたりしながら壱岐島、さらに九州の西海岸をまわり、半月ほどもかかって、やっと宇土の港に入った。小西摂津守行長二十五万石の城の天守が、丘の上で夕陽に輝いていた。

三　異邦の人

私どもは、さしあたり和泉家―倫之助さまのご実家に預けられることになりました。お父上は勘定方として伏見在勤のためご不在でしたが、母上さまが、明宝が日本のことばと行儀作法をおぼえるまで面倒を見てくださるということでした。私は下女として働くように命じられました。

不安のうちに始まった新しい生活でしたが、倫之助さまの妹君小雪さまが明宝とおなじ歳で、仲良く遊んでくださったのが、私にはまず嬉しい事でした。それでも明宝は夜になると「オモニ、アボジ、お母さん、お父さん」と父母を求めて泣き、私もともに涙にくれたものでした。それでも倫之助さまがそばにいてくださることが心強く、また、おだやかなお屋敷の中でくらせたことが、異国に囚われた者として幸せな方だったことを後に思い知らされたのでございます。

加賀爪弥三郎は、采女というか麗花というべきか、女に自由に話をさせた。立ち会いの宮村又七郎が「正しい取り調べには相手の話をよく聞くことが肝要」と言ったからであったが、太閤秀吉の朝鮮攻めについてほとんど知らなかったから、麗花の話は興味深かった。それにしても、自分とのかかわりがいっこうにはっきりしない。だが、小西行長の名を聞いたときに浮かんだ、あの嫌な予感が、ますます強くなるのを感じていた。ひょっとして、あの事件に関係があるのか。まさか…。

年があけて三月のことでした。阿蘇一之宮の別社のお祭りがございました。火振り神事という、たいまつを持ってたくさんの人が歩く、にぎやかなお祭りでございます。毎年の楽しみで、倫之助さまが小雪さまをお連れになり、今年は明宝と私もお供しました。神社の参道には明るい火がもえておりました。火の番をしているのは朝鮮の男女でした。戦の捕虜としてつれてこられ、さまざまな雑役につかわれていたのです。

私どもは参道の脇で神輿《みこし》とたいまつの行列が通り過ぎてゆくのを見ておりました。人々が去り、ふとあたりが静かになったとき、私は聞き覚えのある唄を耳にしたのでございます。中年の、やせた男が低い声で歌っておりました。それは朝鮮の、なつかしい「処容舞」の唄でした。

麗花はたちまち思いにとらわれた。晋州の上元燃灯会。同じようにたいまつが燃えさかっていた。そこで歌われ舞われる災厄追放の「処容舞」。それは踊り上手の母からみっちり仕込まれた舞だった。男の歌につれて麗花の手足が思わず動いた。

「麗花は踊りがじょうずなの」と明宝が小雪に言う。小雪は「じゃあ麗花、踊ってみせて」と無邪気に言う。倫之助は何も言わない。麗花はしばしためらったが、踊りたい気持ちをおさえられなかった。

ためらいがちに踊り始めると、歌の男はすこし声を大きくして歌いかけてきた。火の番をしていた朝鮮人があつまってきて、歌声がふえ、笛を吹き始めた男がいた。いつか麗花は夢中になって踊っていた。

歌の声が乱れた。笛も、途切れ途切れになった。男や女たちは、故郷を想い肉親をしのび、ついに顔を覆って泣いた。歌も笛も踊りもつづけられなくなり、みな火の番にもどっていった。

ぼうぜんとしていた麗花に倫之助が手ぬぐいを渡した。麗花は我に返って涙をぬぐい、はずかしくなって微笑んだ。倫之助の目に光るものがあるのに麗花は気づいた。

それから数日たったとき、和泉家の下女が町の噂を聞いてきた。

「朝鮮の男二人が漁船を盗んで逃げようとして、天草の沖で捕えられた。近々お仕置きがある」という。彼らは朝鮮の役が始まって間もないころ、釜山浦に近い東莱（トンレ）城の戦いで捕えられた者と、慶州の城の戦で捕まった者で、宇土へ連行されてからお城の普請方の下で土木工事や道普請などの重労働をさせられていたということであった。十日後、公開の処刑がおこなわれることになり、「城下ならびに近隣に住いする朝鮮人は残らずこの処刑に立ち会うべきこと」とのお触れが出された。

麗花も例外ではなく、その日の朝、城で打ち鳴らされる大太鼓に駆り立てられるように、下男に付き添われて処刑の場へ向かった。倫之助の母のはからいで、明宝は家に残った。

お城の不浄門、死者を運び出す門の前の通りが竹矢来で仕切られ、刑場になっていた。矢来のまわりには二百人ほどの朝鮮人の男女が座らされていた。お濠端の櫻がまだ散り残り、やわらかい赤緑の新芽が風にゆらいだ。

不浄門が開いて、上半身を裸にされた二人の男が引き出された。その顔を見た麗花は息が止まった。あのお祭りの夜、「処容舞」の歌を歌った男と、笛を吹いた男であった。

二人の男はゴザの上に押し倒され、両手足を屈強な小者たちに抑えられた。二人の刑吏が、むき出しになった男たちの背中に革の鞭を振り下ろした。

「ビシッ！」息を呑んで見ていた朝鮮人たちは、自分が打たれたように身をふるわせた。数打にして二人の男の背は破れ血が飛んだが、打たれても打たれても悲鳴を上げず、うなるだけで必死に耐えていた。朝鮮人の誇りにかけて、どんなに苦しくとも耐えるのだと決意しているようであった。

「気張れ！　気張れ！」

「しっかりしろ！　負けるな！」

見守る朝鮮人が叫び、矢来に手をかけて揺さぶりはじめた。警護の足軽たちが六尺棒をふるい、侍が抜刀して引き離そうとしたが、誰もはなれずゆさぶりつづける。見物に来ていた町の者たちは圧倒されて声もなく、おそろしい事態の発生を怖れて逃げ出した。

「助けてくだされ！　やめてくだされ！」

「気張れ！　気張れ！」

悲鳴と叫びと怒号の中に、

「それまで！」と奉行の声がかかった。鞭の音がやんだ。次第に静まり返った刑場に、与力の声が響いた。

「本日の鞭打ちは五十打。定法なれば百打いたすところなれども、有難くも北の方さま思し召しにより、とくに加減いたすものなり。朝鮮人にしてこののち逃亡せんとする者は、捕え次第百打の刑に処すること定法通り。皆々その分心得い！」

二人の男は気丈に立ち上がり、矢来の外の同胞に手をさしのべ、一歩踏み出したが膝から折れるように崩れた。刑吏が二人を抱き起し不浄門に運んだ。

「生き延びろ！　死ぬな！」

「頑張れ！　負けるな！」

人々の声が後を追った。麗花も泣きながら叫んでいた。

この日麗花が聞いたところでは、九州では古くから倭寇や、倭人を騙《かた》る者が明国や朝鮮の人々をさらってきて地主や豪族に売り、時にはアンナンやルソンの地へ売り飛ばすこともあったという。それらの人々は、まれに家族が金銀をもって買戻しにくることはあったが、一生奴隷や職人として働かされるのが通常であった。

こうした奴隷が逃げ出したとき、捕えた人には多大な謝礼が支払われた。この地の人々には逃亡する異邦人への注意が行き届いており、漁船を盗んで船出した二人の馴れぬ操船ぶりを見た漁師に、たちまち発見されてしまったのであった。そして見せしめに公開処刑されたのである。

あの祭りの日、歌い踊った「処容舞」。それが二人の望郷の念に火をつけ、思い切った行動に出る引き金になったのではないか。自分にも責任の一端があるのではないか。麗花は打ちひしがれて和泉家へもどった。

その夕刻、城から戻った倫之助が麗花を呼んだ。

「今朝鞭打ちの刑に処せられた者たちのことだが、北の方さま格別の思し召しにより、セミナリオのパードレさまが御手当してくださされることになったそうじゃ。間もなく回復するであろう。安心するがよいぞ。あの者たちに神のご加護がありますように」倫之助はそう言って十字を切った。麗花は倫之助の心遣いがうれしく、涙ぐんだ。

倫之助だけでなく、殿さま小西行長とその北の方も切支丹であり、行長はアゴスティーニュ、北の方はドンナ・ジュスタという洗礼名をもっていること、ほかにも城内・城下に大勢の切支丹がいることを麗花は知った。セミナリオ（神学校）ではポルトガルの宣教師が布教につとめるとともに西洋の学術文化・医学・音楽などを教えていた。

その年、文禄三年の秋に、私の周りで大きな出来事がありました。お城の奥方さまが、小雪さまと明宝をおそば近くにお召しになったのです。姫君さま方の遊び相手、また可愛い女の子がおそばにいれば、なにかと慰めになるとお思いだったのでございましょう。私は二人の世話をするためにお城へ上がるように申し渡されました。城内の一間が与えられ、三人で住むようになってすぐに、私は見知らぬ女たちの目が突き刺すように光っているのを感じて、どこにも、何時も、一人でいられないことを知りました。女たちは私を何か珍しい生物でもあるかのように眺め、「へんな言葉づかいだこと」と意地悪く笑うのでした。

そんな時、私はいつも倫之助さまのお顔を思い浮かべておりました。倫之助さまは私の言葉やしぐさを笑いませんでした。いつもやさしく教えてくださいました。

お城、奥に入ってしまいますと自由に外出などできぬこと、ご存知の通りでございます。まれに小雪さまと明宝が宿下がりするときに私もお供するので、やっと倫之助さまとお会いすることができるだけでしたが、それだけで私は救われた思いでした。

そのうちに、倫之助さまのお顔を見る機会がもう一つあることに気づきました。切支丹の教会です。倫之助さまは安息日にはかならず教会においでになります。奥方ドンナ・ジュスタさまはじめまわりの女たちも切支丹が多く、うちつれて教会へまいられます。小雪さまもその一人です。明宝が切支丹になれば、私も教会へいくことができるでしょう。いや、私自身、倫之助さまと同じ切支丹になりたい。そう考えて、まず明宝が切支丹になりたいと言い出すように、それとなく仕向けたのでございました。

その年の暮に、明宝と私はパードレさまから洗礼をうけ、明宝はジュリア・オルタ、私はミカエラという名をいただきました。といいましても、そんな次第ですから、私は本当の切支丹とは申せません。私の心の中には朝鮮の神話の神さまや孔子さま、孟子さまのほうが強く生きていたのでございます。明宝は素直に切支丹の教えに染まって行くようで、小雪さまと二人、たどたどしく讃美歌を歌っておりました。こうして私は教会へ行くようになり、そこで倫之助さまのお顔をさがしました。倫之助さまも私たちに会えることを楽しみにしておられました。ニッコリして、かるくうなずいてくださるだけでしたが、もうそれだけで私は次の安息日まで元気でいられるのでした。

そうこうするうちに、文禄四年になりました。私は十六歳、倫之助さまは十八歳の立派な武士でした。四月に、小西の殿様が朝鮮から宇土へもどってこられました。三日ほど滞在しただけで慌ただしく京へ向かわれましたが、このとき、私には耐えられぬご指示がなされたのです。こんど朝鮮へまいられるとき、倫之助さまを伴うとのご指示でした。

四　小西行長

小西摂津守行長は、堺の商人の子として生まれた。自身海外貿易にもたずさわり、朝鮮の言葉もかなりしゃべることができたほどで、海外の事情にも明るい経済通であった。秀吉側近の臣として、朝鮮遠征軍の指揮をとる立場にあったが、秀吉の描く朝鮮・明国を征服するという計画が、実現性のない夢物語であり、戦が長引くほど朝鮮はもとより日本にとっても行長自身にも多大な損害になることを明確に理解していた。この愚かな戦を一刻も早く終えること、それが行長にとって至上の課題だった。

この年、文禄四年四月末、行長は朝鮮出兵中の大名たちと合議して、秀吉に撤兵の命令を乞うべく帰国した。大名たちも出兵の負担にあえいでいた。ひと月あまりを費やして秀吉の説得に当たり—というより欺いて、なんとか在朝鮮日本軍の半数の撤兵を許された。

六月半ば、行長は宇土へもどり、月末に朝鮮へむけ出発することが布告された。朝鮮に残っている兵との交代のため五百余人が同行することになっていて、倫之助もその一人に指名されていた。

「兄と別れをしてくるがよい」

奥方さまの配慮で小雪が宿下がりを許され、麗花もともに和泉家へもどった。

倫之助の出陣支度を手伝いながら、麗花は内心の動揺をかくすのに必死だった。倫之助さまが行ってしまう。そこは自分の生まれた国ながら帰ることのできない地だ。再びあの恐ろしい戦が始まったら、何が起こるか。二度と会えないかも知れない…。倫之助を見つめて思わず呆然としている自分に何度気づいたことか。

出発の前夜は悪天だった。風が鳴り豪雨がときに襲った。雨戸を閉じた家の中は真っ暗であった。麗花は目がさえて眠れなかった。夜が明けたら、倫之助さまとお別れしなくてはならない。

「いやだ！　いやだ！」叫びたい思いであった。お別れなんて…このままお見送りするだけとは…。

麗花は起き上がった。倫之助は廊下の向こうの部屋に寝ていらっしゃる。間には二枚の板戸があるだけではないか…。明宝を起こさないように気をつけながら、静かに板戸を引いた。風と雷鳴、雨に雨戸ががたがたと鳴る。少しばかりの音には誰も気づくまい。麗花は倫之助の寝間に入り、板戸をしめた。

闇の中で麗花はじっと座っていた。倫之助の頭のあるあたりを見つめた。電光が走り、室内が一瞬明るくなったとき、麗花は知った。倫之助も麗花を見つめていたことを。倫之助が体を起こす気配がした。

「おいで」

麗花はその胸にたおれこんだ。

倫之助さまは殿さまのお供をして朝鮮へ旅立たれ、その日のうちに私はまた奥の生活にもどりました。これからは教会でも倫之助さまにお目にかかることはないのだと思うと、奥での生活はますます耐えがたいものに思われました。

「麗花、わしは必ず帰ってくる。待っていてくれ」

というお言葉と、あの夜の喜びの思い出だけが心の支えでした。

それから二ヶ月あまりたったころでしたか、釜山浦のあたりにおいでの倫之助さまから、母上さまに文が届きました。私どもが宿下がりした時、その一部を読んでくださいました。

「過日物見の勢に加わり、晋州城跡を検分いたし候。貧しき者ども、わずかに茅屋《ぼうおく》を並べて仮寝の夢を結びおるかと見ゆれども、崩れし城壁の残骸、焼けただれしままの殿舎、惨としてはかなく、哀れを催し候。明宝麗花にも見せたくもあり見せたくもなしの感を抱き候」云々というお文でしたが、故郷への思いとともに、晋州へことよせて私の名を書いてくださった倫之助さまの思いを感じて私は涙しました。母上さまは「お前たちも辛かろうが、時が来れば国に帰れることもあろう。それまで辛抱するのだよ」と慰めて下さいました。私はこのお優しいお方を欺いている。倫之助さまは和泉家のご長男です。異国の女、捕虜で奴隷の身分である私がその妻になれると考えるのはむしがよすぎます。この先どういうことになるのか。思いをかなえる方法はないものか。誰にも話すことのできない悩みでしたが、私の秘め事は思いがけぬ形で人に知られることになってしまいました。

私は身籠もっていたのでございます。


秋の日は暮れるに早い。今日の吟味はこれまでにしよう。加賀爪弥三郎は宮村又七郎と相談して采女こと麗花を牢へ返した。茶を飲みながら二人はしばし雑談した。

「いや、いささか疲れました」

「そうであろう。わしも久しぶりに身を入れて話を聞いたわ」

又七郎はそう言って背伸びをした。采女の話は目新しいものだった。文禄・慶長の朝鮮出兵のことは知っていても、徳川家とは関係がうすかったし、又七郎の出身地である三河や江戸では朝鮮とのかかわりも少ない。

「わしは太閤ご在世のころしばらく伏見勤番であった。そこで小西殿を見たことがあるが、侍大将というより勘定奉行がふさわしいお方と見えたな」

又七郎は行長の印象をそう表現した。

「私は関ヶ原の合戦に敗れて捕えられた小西さまを見ております。お言葉のごとく、戦は不得手、間違った方へ向いてしまわれたお方のように思えました」

弥三郎はそのとき元服して間もない十六歳であった。父の加賀爪忠正にしたがい村越弥助直吉の手に加わって、石田三成の西軍と戦うべく初陣したのであった。九月十五日東西両軍は関ヶ原で激突したが、弥三郎の一族は家康本陣の後備えにあり、刀を抜く機会もないうちに合戦は終わってしまった。

弥三郎たちは敗走する敵を追う形で近江路へ出た。石田三成の居城佐和山の城攻めにも参加したが、じつのところ落城を見物しただけであった。はるばる江戸から出てきたのに
「これでは何しにきたのかわからんではないか」

と不満な空気が一族の間にわだかまっていた。戦に参加できなければ戦功をあげることはで

きず、出世の機会がつかめないのだ。

十九日、村越勢は草津で家康本陣近くの寺に宿所を構えた。そこへ関ヶ原の住人林蔵主《りんぞうす》が、小西行長を捕えてつれてきたのである。林蔵主の話では行長は自ら名乗り出て捕えられたということであった。縛られて馬にのせられ、やつれ疲れた姿であったが、その目はむしろ穏やかであったと弥三郎は記憶していた。行長はこのとき四十三歳ということだったが、弥三郎の目にはもっと老けて見えた。林蔵主は金十枚の褒美を与えられた。

村越茂助は行長に首かせをはめ、尋問に当たった。名のある武将が、なぜ自害せなんだのかと問われた行長は、

「わしは切支丹じゃ。戒律により自害は禁じられておる。生き恥をさらすより自害せんと欲するとも、それはままならぬのよ。かかる仕儀にたちいたったことはすべてわしの罪科ゆえ、ダイウスの思し召しゆえじゃ。まこと、この世に定まったことは何もない」と答えた。

このことを茂助の家臣から聞いた弥三郎は、武士たる者がいかに切支丹の戒律といえども納得しがたいと思い、仲間の若侍たちと
「じつは小西殿は死にとうないのじゃろう」と笑いあったのだった。

翌日、村越茂助は家康に従って大津へ発ったが、加賀爪家の者は、なお草津にとどまって街

道の警備にあたるよう命じられた。つまらぬ役目に一家の者はいらだった。

そこへ……

「そうそう、あの采女のことだが」

宮村又七郎のことばに、弥三郎は想念をやぶられた。

「かぶき踊りの上手として高名でな。以前は切支丹のクルスとか申す、十字架を首にかけて踊ったのが珍しうて、えらい評判だったそうじゃ。ご禁制以後はクルスはしておらんそうじゃが、それはそうなうてはかなわぬわな。さて、今日はご苦労であった。また明日」

「ハ。お立合いかたじけのうございました」

又七郎を見送った弥三郎は、しばらくじっと座っていた。あの日。草津。そして十字架……。

その夜、弥三郎はあの悪い夢に何度もうなされた。夢の中では、抑えていた想念が自由に動きだすのか、昼間感じたいやな予感が、すでに事実であるかのようにうごめいた。

「わしのせいではない！」

声にならぬ声をあげてハッと目をさます。

かすかに鶏鳴を聞いた弥三郎は、これ以上の悪夢にたえられぬ思いで起き出し、井戸端で頭から冷水をかぶった。傷口が開くので日課の素振り百回はできない。座禅のまねごとのような端座をして深呼吸を繰返しているうちに心がしだいに落ち着いてきた。今日、すべては明らかになるだろう。逃げられないことなら、素直に受けよう。

五　京へ

二日目の吟味にあたり、采女は、お目にかけたい品があるので、自分の手箱を取ってきてほしいと願いでた。弥三郎は神田明神で興行をつづけている采女一座へ取りにいくよう手配した。

倫之助さまとのことがあってから四ヶ月ほどたったころ、私が身籠もっていることは隠しきれなくなりました。つわりがありましたし、身体つきも顔色も変わってまいります。私は老女淡路さまに呼ばれ、居並ぶ女たちの前で裸になるよう命じられました。抗いましたが、よってたかって着ているものをぬがされてしまいました。女はこうしたとき意地の悪いものでございます。

「なんというふしだらな！　相手はだれじゃ。朝鮮の男か？　名を申せ！」

さんざんにののしられ問いつめられましたが私は何も申しませんでした。淡路さまは奥へ行き、奥方さまとなにやらご相談になったようでした。

「ただちにお城を出るように。和泉の家で身のまわりの品をうけとって、どこへなと行くがよい。二度とこのお城に近づいてはならぬ。明宝と会うことも許さぬ。そう心得い！」

淡路さまから申し渡されたことはそれだけでございました。

二人の侍にともなわれ、麗花は倫之助の家にもどった。倫之助の母は「お前はどうしてこんなに悲しい目にあうのかのう。気の毒なこと。いつかまた一緒にくらせる日もこよう。明宝のためにも元気でいておくれよ」と涙を浮かべて嘆いた。麗花は奥で張りつめていた気持ちが切れて、泣いた。

「教会へ行きなさい。パードレさまがお知恵をおかしくださろう。和泉から来たというがよい」

母はそう言って持ち重りのする革の小袋をもたせてくれた。お金であった。麗花は母が一言も非難めいたことばを口にしなかったことを思った。母は、倫之助と麗花の関係に気づいているにちがいない。だがこの際、知らぬこととして通すのがもっとも無難である。その意味では母もずるいのだ。しかし、ほかにどんな仕様があるだろうか。

切支丹の教会は、小さいながら美しかった。以前は倫之助に会える喜びで勇んで入った教会が、いまの麗花には近寄りがたいものに思えた。扉の前で心おくして立っていると、裏手から掃除道具を手にした男が現れた。火祭りの夜、「処容舞」の笛を吹いた男、鞭打ちの刑に処せられた二人の男の一人、朴であった。声をかけられて、麗花はひざの力が抜けて地面にへたりこんだ。

それからひと月ほど教会で炊事や洗濯を手伝いながら過ごした麗花は、イルマン・アルフォンソに呼ばれた。

「ワタシハ都ヘイクコトニナリマシタ。アナタモイキマス。都ノチカクニハ、アナタトオナジクニノヒト、タクサンイマス。ソコデ赤子ヲウンダライイデス」

麗花はただ驚いていた。この異国で、わずかに知った人のいる土地をはなれて都へ行けという。明宝にも倫之助にも会えなくなるではないか。といって嫌だと言える立場ではなかった。

堺の小西家、行長の実家からつかわされてきていた商船に便乗して都への旅がはじまった。冬に入った海は荒れ、五百石積みの大船であったが玄界灘を通るときの揺れははげしかった。女一人でいる気苦労、船酔い、それでも船内では働かなくてはならない。加えて妊娠中の身体の不調に、麗花はやせた。

一ヶ月ちかい日時をついやして船は堺の港に入った。行長の兄清兵衛の屋敷で三日ほど骨休めした一行は、大坂へ出、淀川を京都へ向けて上る三十石船に乗って伏見についた。巨大な大坂城、華麗な伏見城。諸大名の邸は塀をつらね、商家は軒をならべてにぎわう。どことも知れぬお国ことば。あまりの大きさ賑わいに麗花は呆然とするばかりであった。小西の殿さまは大坂や伏見においでのことが多い。とすれば倫之助さまもおそばにいるはずだ。お目にかかれる機会はあるにちがいない。

都の教会についた麗花は、思いがけない男に迎えられた。火祭りの夜に「処容舞」の歌をうたった男、李であった。李と宇土の朴は処刑の後セミナリオで手当てをうけ、そのまま教会に引き取られて切支丹になった。李は語学の才がありポルトガルのことばも習いおぼえたので、都のパードレの手伝いをするよう命じられて上京していたのだ。四十代半ばの、落ち着いて思慮深そうな男である。李という名から、ひょっとしたら朝鮮の李王家につながる両班《やんぱん》だったのではないかと麗花は疑っていた。李は麗花を、淀川の中州にある、にわかづくりの小屋が立ち並ぶ雑然とした集落へつれていった。

「伏見の人達はここを晋州島と呼んでおるよ。おまえの故郷の晋州からつれてこられた人が多勢いるからな。日本人もいるがみんな貧乏だ。だから仲良くしないと食っていけない。助け合うから心配することはない」

島の中は伏見の城下とは別の国であった。人々は故国の生活を再現していた。着るもの、食べるもの、ことばも仕草も匂いも朝鮮であった。太閤秀吉の朝鮮攻めの捕虜として日本へ連れてこられた者は数万人に達するというが、この晋州島にも、小さな町ほどの人がいた。急速に膨張した伏見の町が必要とした労働力を、西国大名が連れてきたこの人たちが供給しているのであった。

麗花は島の有力者の家の一室を与えられ、女たちが面倒をみてくれて、やっと落ち着いた日々をすごすことができた。李がしかるべくお金をつかっているようであった。船旅の疲れがぬけないのか、身体が大儀でならなかった。やつれた顔が、かえって男の目をひく美しさになっていることに、麗花自身は気づいていなかった。

一月十五日のことでございました。この日は上元で、朝鮮ではいろいろ楽しい行事をいたします。晋州島でも燃灯会が催され、みんなで葛戦をたのしみました。葛で編んだ太い綱を引き合う綱引きで、朝鮮ではとても盛んなのでございます。島中総出で二手にわかれ、大声を上げて引き合い、大騒ぎでございました。そのあと仮面劇がございました。立派な老僧が美女を見たとたんフラフラになって後を追ってゆく話とか、威張りくさった両班、これは貴族やえらい武士・役人のことですが、この両班を下男がみごとにやりこめる話とかで、見物人はちょっとしたしぐさにも大笑いするのでございました。だれもが、帰ることのかなわぬ故郷に、ひとときでも帰った気分になろうとつとめているようでした。私はそんな気配が哀しくなり、その場をはなれて川岸に参りました。水辺にしゃがんで倫之助さまや明宝のことを思っておりましたとき、とつぜん口をふさがれたのでございます。

「静かにしろ。騒ぐと頸をしめるぞ」

聞いたことのない男の声でした。私は夢中であばれ、男をつきとばしました。逃げるところは川しかありません。石に足をとられ、冷たい水の中にたおれてしまいました。大声で助けを呼ぶと男はあわてて逃げてゆきました。私はずぶぬれになって自分の部屋にもどりましたが寒さと驚きで体のふるえがとまらず、そのうちに陣痛がはじまってしまったのでございます。生まれた女の子は、二日後に死んでしまい、名をつけてやるひまもございませんでした。

麗花は心身に受けた傷の痛みから立ちなおれずひと月ちかく寝込んだ。李がときどきやってきて様子を見、まわりの人たちに金品をわたしていることに麗花は気づいた。李は切支丹のパードレたちと小西家の間の使いをすることも多く、勘定方である倫之助の父ともかかわりがあった。倫之助の父はいま伏見在勤で、李は

「先日お目にかかったとき、明宝は元気で城の奥方さまのおそばにいると宇土からしらせがあった、麗花にもつたえてくれと申された。奥方さまもそなたのことを案じておられたとのことだ。ドンナ・ジュスタさまに神のお恵みがありますように」

と十字を切った。李のつかうお金も奥方さまからでているのだろう。明宝もあの奥方さまのおそばにいれば心配あるまい。信心ぶかい奥方さまを思って麗花は涙ぐんだ。自分としては一日も早く元気になることがとりあえずご恩返しになる。気持ちを変え、やりなおすために京の教会へ移らせてくれるよう、麗花は李にたのんだ。

ほどなく麗花は西ノ京にある教会で働くことになった。そのころ、京都ではポルトガル系のイエズス会と、スペイン系のフランシスコ会の二派が主に布教にあたっていた。切支丹は天正十五（一五八七）年いらい禁制とされていたが、フランシスコ会の宣教師たちはスペイン王の使節として来日している地位を利用し、秀吉の黙認のもとで京大坂に会堂や病院を設け、なかば公然と布教にあたっていた。

イエズス会側は、そのような派手なやり方がふたたび弾圧をまねくもとになることを怖れ、

目立たぬように活動していた。小西行長の一族はイエズス会に帰依しており、麗花が頼ったのも同じイエズス会である。

軍隊のようだと言われるほど規律のきびしいイエズス会での生活は息のつまるものだったが、安息日には自由な行動が許される。

「お前さまは京は初めてだろう？　私が案内してあげるよ」

女信者のはなにさそわれて、春の一日、麗花は京の町にでた。はなは、北野天神の境内で女中楽を演じている高砂近江一座の役者であった。中楽（猿楽）の能を女だけで演ずる一座はいくつかあり、女舞の美しさと華やかさを売り物にしていた。はなに招かれて、麗花は初めて京の芸能にふれることになった。櫻の下、幕がはりめぐらされた矢来の中に簡単な舞台が組まれ、数十人の観客が酒食をたのしみながら舞台を見ていた。

初めの曲は能「巴」であった。木曽義仲の愛人で、容顔まことに美麗、しかも豪勇無双といわれた女武者巴御前が義仲の最期をみとどけて、いまはこれまでと敵の軍勢相手に存分に薙刀をふるい、普通の女の姿となって木曽へ落ちて行く。座長高砂近江の切れ味のよい技と、美女が武者の姿になり、ふたたび女にもどるという倒錯的な魅力に観客はわき、麗花はすっかり魅せられた。

次は狂言で「業平餅」。高砂近江がこんどは天下に名高い色男在原業平にふんして登場する。平安貴族の立派な男姿になった近江の美しさに見物客がどよめいた。はながお供の傘持の老人をつとめていた。

北野天神に参詣した業平、すこぶる空腹で、茶店で餅を売っているのを見て食べたくてたまらない。従者に

「あの餅を購うてまいれ」と命ずる。ところが従者は「それはかないませぬ。銭は一文もございませぬ」という。この返事を聞いて観客がどっと笑った。麗花にはそんなに笑えることとは思えなかったが、公家の貧窮ぶりを知っている都人には皮肉が通じたのだ。

業平は店の主人に大いばりで言う。

「それなら餅の代として、和歌を詠んでやろう」

「とんでもない。そんなものは何の役にも立ちませせぬ」

怨めしげに餅を見つめて餅づくしの歌を謡う業平に亭主は

「私の娘をおそばにおいて下されますならば、いかほどなりと餅を進ぜましょう」

という。餅と女が一度に手に入るとは、と喜んだ業平、亭主が娘を呼びに行ったすきにあわてて餅をほおばり、喉につかえさせて目を白黒。

さて娘とご対面となって一目見た業平、あまりの醜女ぶりに仰天、傘持ちの老人に押し付ける。老人も仰天して逃げ出すと女は

「背の君さま、千万年も仲よう添いましょう」

と追いかけて行く。この狂言には見物客も大笑いし、舞台に銭が投げられた。そこへ一座の女たちが総出で登場し

誰がつくりし　恋の路
いかなる人も　踏み迷う

などとはやりの小歌を唄い踊って、にぎやかにおわるのであった。

私は、狂言か小歌踊りなら、しばらく稽古すればできるかもしれないと思いました。能は詞章もむずかしく長くもあり、容易ではなさそうでした。もともと好きで、いくらかは自信のある踊りのことですから、およそ一刻のあいだ、私は夢中になって楽しんだのでございました。

「芸が身を助けるというけれど、本当にその通りだよ。お前さまは何かなさるかえ」と、はなから聞かれました。「歌も踊り大好きですけれど、とくにできることはありません」

などと話しておりますと、座長の高砂近江が「お前さまは、きりょうもよし姿もよいゆえ、踊りをなさればきっと評判になろう。いかがであろう、我らの一座に加わりなさらぬか」と申します。「とんでもないこと。パードレさまにお叱りをうけまする」と笑ってこたえたことでしたが、後に本当にこの一座に加わることになろうとは思ってもおりませんでした。その後も安息日のたびに近江の一座へゆき、踊りや歌をおしえてもらい、一座の人たちとも親しくなったのでございます。

その年の七月、私は李からおもいがけない話を聞きました。小西の殿さまが、明国の使節沈維敬さまを案内して帰国しておられ、伏見で太閤さまとの会見の機会を得て和平の話をまとめようと骨折っておいでだというのです。八月には朝鮮の使節もおいでになるということでした。李は「この交渉がうまくまとまればよいが。そうすればわれらも故郷に帰れるやもしれぬ」と期待しているようでした。しかし私は倫之助さまのことが気がかりでなりません。李にたずねましたが、倫之助さまのことは知らないという返事でした。私はパードレにお願いして一日の暇をもらい、伏見に行くことにしました。その夜、とんでもないことが起こりました。大地震でございます。

六　再会

慶長元年閏七月十三日の真夜中、伏見近辺を震源とした大地震が起きた。伏見城は天守閣をはじめ多数の建物が倒壊、太閤秀吉はただ一つ無事だった庖厨（台所）に難をさけた。諸大名の屋敷、民家もその大部分が倒壊した。被害は広い範囲におよび、京都でも死者その数知れずというありさまだった。

このようなときこそ教会の存在意義が発揮される。倒壊を免れた教会堂で、自身をかえりみず被災者の手当てに働くパードレたちとともに、麗花も懸命に食事づくり、看病、洗濯などの仕事にはげんだ。伏見へ行きたいなどと言い出せる場合ではなかった。五日ほどしたとき、李が訪ねてきて小西の殿さまはご無事だった、倫之助というお方は伏見にはきていないと知らせてくれた。ひょっとして、と期待していただけに落胆は大きかった。

九月半ば、李がまた訪ねてきた。晋州島も被害はおおきく全戸倒壊したが、それもほとんど復興しているといった情報をしらせてくれた。

「それよりも、この度の和平の話だが、太閤は朝鮮の使節黄慎さまには一度も会おうとせなんだ。黄慎さまたちはこの九日に空しく帰国されたヨ。堺の港にはわれらのような者が大勢集まってな、連れてかえってくれと泣き叫んだが、どうなるものでもなかったヨ。また戦になるそうじゃ。いま加藤清正が伏見にきておる。きっとあの清正めが図ったにちがいないヨ。小西の殿さまが和平にみちびこうと苦労しているのを、やつがぶち壊したのじゃヨ。清正め、どこまで我が国に害をなそうというのか！」

李は激して大声をあげた。なぜか清正に対して強い憎しみをいだいているようであった。

地震騒ぎがやっとしずまったころ、またまた大事件が起きました。太閤さまが切支丹のパードレや信者を捕え処罰するようにお命じになったのです。それまでも切支丹はご禁制でしたが、大方黙認されておりました。それが、このときのご命令はまことにきびしいもので、私たちもパードレも、たまたま伏見におられた小西の殿さまからのひそかなお知らせで、からくも教会を逃げ出すことができたのでございます。

この年の八月二十八日、土佐にスペイン船サン・フェリーペ号が漂着した。土佐藩から秀吉に報告がとどき、おりかえし大坂から奉行の増田長盛が派遣された。長盛はこの船の莫大な積荷を没収し、航海長フランシスコ・デ・オランディアを引見して諸外国の事情をきき、さらにスペインがどのようにして多くの国々を支配するにいたったかを質問した。

オランディアは積荷没収という不法な行為に憤激しており、スペインの強大さを誇示する気になったのか、あるいは単なる浅はかさからか、まずキリスト教の修道士たちがその国に入り、教えを説いて住民を内応させ、そこへ軍隊が入り、それらの王国を服従させたのだと答えた。

この質疑応答は、ただちに秀吉に報告された。かねて異教の日本進出を危険視していた秀吉は、切支丹おそるべしと改めて認識したのか、十月十九日、宣教師・修道士・信者の逮捕を石田三成に命じた。

三成は、この命令をひそかに盟友小西行長に知らせた。行長はただちに京・大坂のイエズス会関係者に使者をおくり、姿をかくすよう指示した。

麗花は、高砂近江一座を頼るほかなかった。まだ暗いうちに北野天神へ走った。座長の近江は黙って、一座の女たちも他人の過去をとやかく言わぬ旅芸人のしきたりにしたがって、麗花を受入れた。

このときの切支丹弾圧で捕えられた関係者のうち、ペドロ・バウチスタほかの外国人宣教師六人、三木パウロほかの日本人伝道士・二人の少年をふくむ信者十八人が死刑に処せられることになった。

十一月五日、この人々は見せしめに町中をひきまわされ、途中で左の耳を切り落とされた。血に染まって苦しみながらオラショをとなえ、群衆に向かってキリストの教えを説く悲壮な姿に、ある者は心うたれ、ある者は南蛮人にたぶらかされた愚者とあざ笑った。僧や神主たちは、異教を信じた天罰だ、神がいるというなら、なぜ救いにこぬのかと大声で罵った。こっそり見ていた麗花は耐えられず、はなとともに小屋へもどった。

その夜、はなが過去のことを話してくれた。

「私はパードレ・カルバーリュさまに助けられたおかげで今生きておるのよ。パードレさまがおられなんだら、きっと飢え死にしておった、この子を抱いて。わしらはこの世の地獄を見てきたから、もう怖いものなどなにもありゃせんのよ。死んでパライソへ行かれれば本望。そのためにしっかりとダイウスさまを信じておらねばいけんのよ」

はなはそう言って寝ている子供の頭をなでた。五歳になる、父をしらない子だった。

麗花自身は洗礼を受けていたものの、命をすてても信仰を守るという自覚からはほど遠かった。これからも切支丹取締りがつづいたらどうなるか。高山右近さまのように信仰のために大名であることをやめてしまった方もいる。小西の殿さまはどうなるだろうか。殿さまが信仰ゆえに取り潰しにあえば、家臣である倫之助さまのご一家もただではすむまい。明宝を切支丹にしたのは誤まりだったのではないか…。

都の冬はとても寒いので見物客もいなくなります。高砂近江一座は暖かい土地へ旅興行にでることになっておりました。間もなく旅立ちというとき、李がたずねてまいりました。小西家の指示で、京に薬種の店を出すことになったので、手伝うようにとのことでした。この店をつかって切支丹宗徒のためにお金をかせごうという狙いでした。殿さまのご指示とあれば嫌とは申せませんし、倫之助さまがいつ帰国されるかわからないので、なるべく京にいたいという気持ちもあり、私は李の店で働くことにいたしました。

李の店は高麗人参を主に、本草の薬種を扱うのですが、その品は堺の商人である、行長さまの兄上清兵衛さまから届けられておりました。朝鮮や明との交易で入手したものでしたが、戦利品として奪ったものもあったことでしょう。李も私も朝鮮風の着物を身につけ、店構えにも朝鮮風を取入れました。

「これで薬種の値打ちが一段と上がるというわけだヨ」

と李は笑って申しました。

李は不思議な人でした。周囲の人たちは私どもを夫婦だと思っているようでしたが、李は私に手を出すようなそぶりも見せず、いつも礼を守ってくれておりました。といって女遊びをするでもなく、まして妻を持とうともしないのです。どういうことか聞くべきことでもありませんが私には有難いことでした。

この年、慶長二年は何事もなく過ぎました。春には高砂近江の一座が、また京へ戻ってまいりました。私はときどき訪ねては踊りを教えてもらい、時には総踊りに加わったりしました。何よりの楽しみで、私の踊りもそれなりに上手になったのでございます。

一方、朝鮮での戦にはさしたる変化もなく、休戦と同じだと李は申しておりましたが、倫之助さまが帰国された様子はありませんでした。

翌年の年が明けて間もなく、太閤さまは朝鮮再征を命じられました。これでまた倫之助さまの帰国がおくれるのではと、太閤さまが恨めしくてなりませんでしたが、その恨みが天に通じたのか、太閤さまご不快との噂が聞こえてきましたのはそれから間もなくのことでございました。

その年の八月十八日、太閤秀吉は死んだ。その喪は秘されたが、噂はたちまち都中にひろまった。冬になって朝鮮から日本軍が引き揚げ、七年におよんだ戦は終わった。晋州城が陥落したとき十四歳の少女だった麗花は、いま二十歳、自分の身体が女となり母となった時期をへて、すっかり成熟していることを自覚していた。身体全体が倫之助を求めていた。

あくる慶長四年二月二十三日の昼近いころ、李が外出していたため一人留守番をしていた麗花は、店先に立った武士をひと目見るなり土間へ飛び出した。

「倫之助さま！」

「麗花！」

麗花は表へ走り出ると、店ののれんを取り込み戸をしめてかんぬきをかけた。奥の間に上がるのももどかしく、二人は抱き合い転がって口を吸った。冬の寒さもゴザの痛さも二人の意識の外であった。思いつめ待ち焦がれていたものが、もっとも直接的な欲望となり表現となった。呼び合う名だけがことばであった。つきることなく飽くことなく二人は求め、与え、また求めた。

表の戸をたたく音と

「麗花、麗花、どうした？　いないのか？」

李の声が二人を覚ました。

「待って！　いま開けます」

麗花はあわてて身づくろいし表の戸を開けた。思いがけず男の姿を見、興奮さめやらぬ麗花の様子に、李はいぶかしげな顔をした。

「お客さまがあったので…宇土の和泉の倫之助さまで…店を開けていてはお話もできませぬから…」

麗花はもごもごと説明し倫之助は
「和泉じゃ。麗花が世話になっておると聞いて、ちと様子を見にまいった」

と肩を張って名乗った。

「これはこれは倫之助さまでいらっしゃいますか。ようこそ御無事でお帰りなさいました。お名前は麗花からかねがね伺っておりましてございます。

何じゃ麗花、お茶も差し上げておらんのか？」

麗花は赤くなって茶の用意にかかった。来客にいつでも茶をだせるよう、湯がわかしてあった。李は背負ってきた薬種のつづらを片付け、着替えをすませて倫之助の前に座った。麗花が茶を倫之助に供し、つづいて李に差し出す。李はいつものようにそれを受け取って、うまそうに飲んだ。その様子は、夫が妻の差し出す茶を飲んでいるように、倫之助には見えた。

「麗花はいつからここにいるのじゃ？」

「もうかれこれ一年半ほどになります」

「よく働いてくれて助かりますヨ」

李がことばを添えた。

「一年半とな。そなたたち二人でか？」

「はい」

倫之助の顔色が変わった。

「麗花、そなたはこの男と…」

麗花は倫之助の言おうとしていることがすぐわかった。

「いいえ、何も有りません！　この李さんは伯父さんのように私の面倒を…」

「ええい！　聞く耳持たぬ！　一年半も共に暮らして何事もなかったなどと、誰が信じようぞ！　おのれ、わしはそなたと会える日を待ち望んで、ひたすら耐えてきたというに、何ということじゃ！　けがらわしい！」

倫之助は店先へ飛び出した。

「待って、ちがいます、待って！」

すがりつく麗花を倫之助が足蹴にしようとしたとき、

「待ちなさい！」

鋭く、力のこもった李の声がとんだ。倫之助がふりむいた。

「私と麗花の間には、何もやましいことはありません。証拠をお目にかけましょう」

李は上がりかまちに立ち、両足を開くと着物の前をまくり、下帯を取った。股間がさらけ出された。そこには、何もなかった。わずかな突起が、かつてそこに男根が存在していたことを想起させるだけだった。

「私は朝鮮の李王家にゆかりの者です。慶州の城を守っていた時、加藤清正の軍勢に攻められ、戦い利あらず捕えられたのです。財宝の隠し場所を白状しろと責められましたが、私は拒否しました。すると賊は私を逆さに吊ってなぶり物にしたうえ、刀をふるって笑ったのですヨ…。それればかりか、捕虜として重い荷物を担がされたのですヨ。私は傷の痛みと疲労でほとんど死にかけ、ごみでも捨てるように道端に放り出されました。それでも何とか生き延びたところを、こんどは小西さまの軍勢に捕らわれ、宇土に送られたのですヨ。私は、男であって男でないのです。私に何ができましょうか。麗花は私には娘とおなじなのですヨ」

倫之助は崩れるように土間に座り込んだ。

「済まぬ。許してくれ…。済まぬ」

両手をついてそういった倫之助の一言は、ただ李に詫びているだけではなく、日本軍のしてきたことをも詫びているように、麗花には思えた。涙がとまらなかった。

そののち、倫之助さまは非番のたびに私の所へ参られました。私には、日本へ来て一番幸せなときでございました。でも、残念なことにこの幸せは長く続きませんでした。

近々天下分け目の戦があるだろうと、都の人々は噂しておりました。徳川家と豊臣家の天下争いのことなど私にはよくわかりませんでしたが、小西の殿さまは石田三成さまの有力なお仲間とあって、豊臣方につくことはうたがいありません。倫之助さまも戦の支度にご多忙なようで、私のところへ来られるのも容易ではないようでした。

お店には次第に武家のお客さまが増えてきました。徳川方、豊臣方それぞれご家中で、あるいは個々に、戦の場で欠かせない金創《きんそう》の薬、腹痛の薬や毒消しなどをお求めになります。

李は「どうも豊臣方は勢いがない。徳川さまに対抗できるだけの力のある総大将がおらぬからのう。このたびは小西の殿さまもどうなるか心もとない。この店は殿さまのお声がかりでできた店だから、殿さまに大事があれば、ただではすまぬ。麗花も、いざというときどこへ逃げるか考えておきなさい」と申しました。自分は、戦のどさくさに紛れて西国に行き、船を手に入れて朝鮮へ帰るつもりだというのです。「帰りたい、一刻も早く帰りたいのだ」と李は繰返し申しました。

私は倫之助さまのおそばをはなれる気はありません。でも、小西の殿さまが戦に敗れたら、倫之助さまは、明宝や小雪さまはどうなるのか。切支丹ご禁制の時よりもっと切実な不安です。悪い方へ、悪い方へと思いがはしってゆくのを、どうしようもありませんでした。


慶長五年の夏、ついに戦がはじまった。西軍四万の軍勢が伏見城を攻め、家康の残した留守居役鳥居元忠の千八百の守備隊を全滅させた。

八月半ば、小西行長の軍勢およそ七千は美濃方面に向かった。倫之助も主君のそばに従っていた。九月十五日朝、東西両軍は関ヶ原で激突した。西軍敗北の報は、その夜のうちに京にとどいた。人々は寝もやらず刻々と入る知らせを待ち、伝えた。

翌日早朝、李は晋州島へ向かった。そこにいる三人の仲間とともに、かねての計画通り、朝鮮へ脱出しようというのだ。麗花はこの時以後、李の消息を耳にすることはなかった。

麗花は店を動かなかった。倫之助さまが生きていれば、ここへ帰ってくるにちがいない。五日待って現れなかったら店を閉じて、はなのところへ行こうと決心していた。

三日目の夜中、表の戸をひそかに叩く音がした。店先に床をとり、いつでも起きられるようにと気をつけていた麗花は飛びおきた。

「だれ？　どなた？」

「わしだ、わしだよ、麗花」

まぎれもない倫之助の声だった。近所に知られないように、音を立てぬように、そっと開いた戸のすきまから、倫之助がすべりこんだ。表の様子をうかがった麗花は戸を閉めるのももどかしく倫之助にだきついた。汗とよごれで異様な匂いを発する倫之助であったが、二人は抱き合って床の上にころがった。

敵の間をからくも逃れてきた動物的な本能のするどさが欲求となったのか、倫之助ははげしく求め、麗花もまたそれに応えた。横たわる麗花を、倫之助は隅々まで愛撫し口づけした。危機感が二人を駆り立てていた。

「生きて、こうしていられるのが信じられぬようじゃ」

と倫之助はささやいた。

戦いに敗れた小西の将兵はばらばらになって落ちのびた。行長の供をしていた倫之助は、落ち武者をねらって襲ってくる地侍や百姓たちと戦っているうちに主君を見失い、単身山中にかくれながら夜道を京都へ向かった。西国へ落ちて行く武士たちはいつしか一団となって行動し、邪魔する者は力で押し破る勢いで西へ進み、倫之助もその流れにのって京へたどりついたのであった。

倫之助さまはその翌日一日中眠っておいでででした。夜、近所の人たちのうわさ話が聞こえてまいりました。小西行長さまが関ヶ原近くで捕えられ、草津の村越茂助さまの宿所に押さえられているというのです。二条のお城に知らせが入ったということでした。私はさっそく倫之助さまに伝えました。

倫之助さまはたいそう驚かれ、何として草津に行かねばならぬと申しました。殿さまのご様子をさぐり、お救いできぬまでも、せめてご最期を見届け、奥方さまにお知らせしなくてはならぬというのです。翌朝早く、倫之助さまは李の残した着物を借り、薬箱をせおった行商人姿で草津へ向かわれました。

私はお見送りしたものの、しだいに落ち着かなくなってまいりました。倫之助さまは、姿はともかく身のこなしまで行商人になれますまい。小西の家来だと知られたら…。取り返しのつかないことをしてしまったのではないか。殿さまのことなどお教えしなければよかった…。大急ぎで店を閉め、私は草津に向かいました。倫之助さまにおくれること一刻半ほどでございましたろうか。京から草津までおよそ六里、気ばかり焦っても女の足ははかどりません。草津に着いたのは夕刻近いころでした。村越さまの宿所を訪ねましたところ、皆さますでに大津へお立ちでしたが、私はそこで、この日の昼ごろ、小西の家臣らしい男が発見され殺された、と聞かされたのでございます。その男は、薬の行商人に身をやつしていたということでした…。

麗花＝采女は声を飲むようにうつむき、うなだれていた。

「それは九月の何日のことじゃ？」

「二十日でございます」

宮村又七郎の問いに、弥三郎がすぐ答えた。弥三郎は青ざめ、顔には脂汗がにじんでいた。

七　かぶき踊り

それからのことは、お話するのも辛くてなりません。近くのお寺で倫之助さまの遺骸を見たとき、私は呆然として涙も出ませんでした。

胸の上にクルスが置いてありました。お寺では切支丹宗徒の遺骸とあって扱いに困っていたらしく、すぐ引き取るように言われました。悲しみにひたる間もなく馬方を頼んで遺骸を京都まで運ぶことにいたしました。京でパードレさまのミサをうけさせてあげたい、そのことばかり思いつめておりました。

翌日倫之助の遺骸は京の切支丹墓地に埋葬された。伏見の小西屋敷は徳川方の手に落ちて、倫之助の父の消息も知れず、ただ一人埋葬に立ち会った麗花は、店にもどると値のはる薬種、高麗人参などを処分し、とりあえず高砂近江の一座に身をよせた。

十月一日、石田三成、安国寺恵瓊、小西行長の三人が京の町を引き廻しのうえ処刑されるというので、麗花は早くから室町通りへ出かけた。堀川出水の所司代屋敷から、荷車に乗せられた三人は一条の辻、室町通り、寺町をへて六条河原へと引き廻された。

「この三人とも、太閤さまにふりまわされた一生だったのう」

見物の老人が言うのが聞こえた。

太閤にふりまわされたのはこの偉い人たちだけではない。名もない私だって、この人たちに劣らぬ犠牲者なのだと麗花は思った。

「貴方さまのために、和泉倫之助は無駄死にしました。倫之助さまを返してくださいっ！」

せめて一言、小西行長に恨みを言いたかった。

六条河原の刑場に着いたとき、紫衣の高僧が数多の僧をつれてあらわれ、石田三成と安国寺恵瓊に経典をいただかせた。小西行長は聖母子の絵を両手で掲げ、経典を拒否した。ポルトガルの王妃から贈られた絵であった。

処刑の時がきた。三成と恵瓊の首が落とされた。行長は聖母子の絵を三度頭上にいただき、じっと眺めた。そして首を差し出した。

すべてが終わると見物衆は散ってゆき、あとには遺骸を引き取る者たちが残りました。その中に、倫之助さまのお父上がおいでになったのです。私たちは殿さまのご遺体を会堂に運び、お別れの儀式をとりおこないました。
その夜、父上と私は信徒の家に泊めてもらいました。私は倫之助さまのことを何もかくさずお話申し上げました。父上は
「倫之助の最期の様子を知ることができ、ともあれ気がかりなことが一つはっきりいたした。最後まで面倒を見てくれたこと、かたじけない。倫之助は武士として当然のことをし

て死んだとは申せ、あまりに正直すぎたのう。いますこし自分のことを考えれば……。倫之助はそなたのことは何も言わなんだ。小西の家臣で長男という立場にあってみれば、とても許されぬことと思うたのであろう。今となって見れば、主君も家もない。生きていればそなたたち、晴れて添わせてやろうものを。世の中は皮肉なものじゃ」

そう言って涙をぬぐわれるのでした。私は嫁として認められた嬉しさと新たな悲しみに泣き伏してしまいました。翌日、父上は宇土へ向かわれました。明宝のことなど知らせてくださる、この信者の家が中継ぎしてくれるということでした。

高砂近江の一座に加わった私はその冬、紀伊路から熊野へ旅興行に出ました。正月は予定通り熊野の新宮で迎え、十日あまりの興行をいたしました。そこの興行主のところにお父上からの手紙が届いておりました。京の信者の手配で、熊野講の御師がとどけてくれたのです。お手紙の内容はまことに悲しいものでした。宇土のお城は加藤清正の手におち、奥方ドンナ・ジュスタさま、明宝、ともに行方知れずというのです。

関ヶ原の戦の四日後、東軍の勝利を知った加藤清正は宇土へ攻めこんだ。肥後一国を分けあっていた清正と行長はかねて犬猿の仲であった。すでに八月に家康から、筑後・肥後について成り次第、つまり好きなように奪い取ってよいという文書を送られていた清正は、肥後一国を手に入れる好機を逃がさなかった。宇土城の守将は行長の弟・隼人、善戦して清正軍をしりぞけたが、天下の情勢を知って降伏を決意せざるをえず、清正の居城熊本へ出向き、城兵らの死を許してもらうことを条件に自刃した。

行長の妻ドンナ・ジュスタは清正の手に落ちたのち京へ送られたといわれ、明宝も行をともにしていると思われるが確かなことは不明、と倫之助の父は記していた。和泉の一家はもともとの出身地である播磨の室津へ引き揚げ、この手紙もそこから出されていた。室津は小西行長が最初に秀吉から与えられた領地の一つで、倫之助の父はここではじめて行長に仕えたのであった。

「すべては夢の如く、再び元へと戻り候。是もまた天なる父の思召と存じ候。そなたを吾子と思いおり候。何時なりとお越しあるべく、待ち申し候。暮ぐれも御身大切になさるべく候」

父の文はこう結ばれていた。

明宝は行長の息子とともに毛利家へ預けられた、いや江戸へ送られたなど、うわさが聞こえてきたが確かな情報はなかった。明宝の行方を知らなくてはならない。それが麗花の生きる支えであった。

いつか麗花は一座の花形役者になっていた。麗花が舞台に立てば客が喜び、稼ぎも多くなる。その事実が何よりも物を言う世界であった。名も采女と名乗ることにした。

麗花＝采女は「井筒」の能を好んで舞った。在原業平の妻であった紀有常の娘が亡霊として登場する。娘は業平の形見の直衣・冠を身につけ男姿となって、幼いころ二人でのぞいて遊んだ思い出の井戸をのぞきこむ。その水面に映った男の姿。娘はそこに懐かしくも恋しい業平の面影を見る…。麗花はそこに倫之助の面影を見ていた。

〽見ればなつかしや
　　われながらなつかしや

謡いながら、演技と自身の思いとの区別がつかなくなる。深い思いは観る者の心をうち、ふるえさせた。

慶長七年の冬、高砂近江が身を退いて故郷に帰ると言い出しました。盛りを過ぎ、老残の恥をさらしたくないというのです。近江の名指しで、私が新たな座長をつとめることになりました。

そのころ、京の町は活気にあふれておりました。そこへ、出雲の阿国という舞の上手が現れました。阿国は最初念仏踊りで評判となり、ついで奇抜な、かぶいた男姿で踊るという大胆な芸で都の人気を得たのでございます。中楽からかぶき踊りへ、世の中は移っていたのです。

新しい工夫が求められました。幸い私どもは中楽能の経験から、男姿は得意でございます。その利を活かし、茶屋遊びの出し物を作りました。近江が得意としていた狂言「業平餅」を焼きなおした芝居で、私は南蛮風の装いをしたかぶき者に扮しました。

幸いこの茶屋遊びの趣向は当たりました。私の男姿も評判をとり、一座はなんとか新しい風潮におくれずにやってゆく見込みがたちました。女中楽高砂近江一座という名では具合悪いので、かぶき踊り采女一座と名をあらためたのでございます。こうした多事多難なときを過ごしながらも、私は明宝の消息を求めつづけておりました。

慶長十二年の冬、私はついにそれらしい消息を耳にしました。この年、大御所さまが江戸から駿府へお移りになりましたが、切支丹のパードレが駿府でミサをいたしましたところ、大御所さまのおそばから何人もの切支丹が礼拝に参られ、その中にジュリアという若い女がいたというのです。京の信者が聞いた話で、思いのほか多くの切支丹が駿府にいるのに驚いたとパードレが話していたということでした。

ジュリアという洗礼名の若い女といえば、明宝ではないか。私は急いでそのパードレに会いに行きましたが、あいにく周防・長門の方へ旅立たれた後でお目にかかることはできませんでした。この上はなんとしても駿府へ行って確かめなくてはならない。そう考えてあくる三月、駿府へ旅興行に出たのでございます。

安息日に、教会堂の入口ちかくで待っていたとき、私は心配のあまりふるえておりました。ジュリアが明宝だとしても、別れてから十年以上の歳月がたっています。十七歳になって顔もかわっているでしょう。私も同じこと、見分けがつくでしょうか。

そんな心配は無用でした。ひと目見たとき、私どもは十年の昔に飛んで帰り、

「ミョンボウ」

「リョンファ」

互いの名を呼び、しっかり抱き合いました。涙がとまりませんでした。

明宝は、宇土のお城が落ちたとき、加藤清正さまの手に捕えられたドンナ・ジュスタさまとともに大坂へ送られ、大御所さまのご前に引き出されたそうでございます。ドンナ・ジュスタさまは許されて岡山のご実家へお帰りになり、行きどころのない明宝は、大御所さまのご側室の侍女にしようとのことで、それ以後江戸城の大奥でくらしていたのでした。ど

うりで世間に消息が伝わらなかったわけでございます。ジュリア・オルタの名がなまって、ジュリア・おたあと呼ばれているのだと明宝は申しました。

奥女中という身分から、明宝は自由な外出はゆるされません。私も一座をかかえて、たびたび駿府へまいるわけにもいきません。毎年一度の旅興行のときに教会堂で会うのが待ちどうしく、まるで七夕様のようだねと笑いあったのでございます。

恐れ多い申しようではございますが、大御所さまとて不死身ではあられませぬ。いつかはご側室もお暇《いとま》となり、明宝も宿下がりを許される日がくるでしょう。そのときこそ一緒に暮らしたい。そのために家も持ち、いくらか貯えてもおきたい。そう思う事がどんなに働く張り合いになったことでしょうか。

でもこの夢は思わぬところから崩れてしまいました。昨年の三月、切支丹ご禁制のお触れが大御所さまから仰せ出だされ、駿府城内の切支丹信徒が追放になりましたこと、ご存知のとおりでございます。

いま、明宝は新島にいると聞いております。昨年の二月に会ったのが最後でございました。

八　十字架

采女―麗花は、あらためて弥三郎を見つめた。

「加賀爪さま。今朝ほどお願い申し上げました私の手箱、お持ちいただけましたでしょうか。ご覧いただきたい品が入っております。お改めくださいませ」

弥三郎は采女の手箱を布包みから取り出した。小さな漆塗りの竹籠であった。

ふたを開けた弥三郎は、中にあるものを見つめたまま、金縛りにあったように動かなかった。

切支丹の十字架の首飾りが、一番上にのっていた。

「加賀爪さま。そこにあります首飾りは、舞台でいつも首にかけていたものでございます。倫之助さまの、ただ一つの形見なのでございます。加賀爪さま、その十字架に見覚えがおありでございますね?」

弥三郎は采女を見て、うなずいた。

「その表についている傷は、加賀爪さまがおつけになったものでございますね」

弥三郎はまたうなずいた。銀の十字架の下の方に、鋭い傷がついていた。

「加賀爪さま。私はこの世でかけがえのない大事なものを、みんな失ってしまったのでございます。父母、倫之助さま、子供、そして明宝。私が悪いことをしたわけではございません。愛する者と幸せに暮らしたいと願ってまいりましただけなのに、いつも思いがけない大きな力に妨げられ、私のささやかな願いは吹き飛ばされてしまいました。私は一度でよいから自分の運命を自分で選びたい、と思いました。この気持、お察しいただけますでしょうか…」

弥三郎を見つめる采女の目に一筋の涙が流れた。弥三郎が宮村又七郎を見た。

「宮村さま。お察しでしょうが、倫之助を殺したのは身どもです。耐えがたい嫌な思い出となっている出来事でした。その次第、お話し申します。采女も聞いてくれい」

弥三郎はしばらく目をつぶり、低い声で話し始めた。

小西行長どのが捕えられた翌日、九月二十日のことです。われら加賀爪家の者は、しばらく草津にとどまって街道筋の警護に当たるよう命じられておりました。父や兄、叔父や親族の者、郎党など二十人あまりもおりましたろうか。

はるばる江戸から、戦で手柄を立てるつもりで出てまいったのに、関ヶ原の合戦では刀を抜くこともなく、その後の石田三成どのの佐和山城攻めでも、落城を見物しただけでした。

そこへ街道警護を命じられたものですから、江戸からわざわざ盗人を捕えにきたのではないわいと、みな不平たらたらでした。

二十日の朝、大御所さまは大津へ向かうにあたり小西どのも伴って行かれましたが、その一刻ほどのちでしたか、行商人風の男が宿所の内をうかがっていたと足軽から注進があり、私の兄たちが飛び出して、その男を捕えてまいりました。年のころ二十三、四、身体つきたくましく人品卑しからず、どうも行商人の風体とは似合いません。兄が詮議いたしましたところ、男は「私は京の薬屋でございます。たまたまこのあたりを行商しておりましたところ、摂津守（行長）さまがこちらに囚われていると知りまして、私どもは兄上さまから薬種をまわしていただき、大変お世話になっておりますゆえ、ご様子をお知らせ申し上げようと思案いたしした次第でございます。けっして怪しい者ではございません」と弁明いたしましたが、みな納得いたしませんでした。とても行商人とは思えぬ、小西の家来が救いにきたのであろう、問答無用、斬ってしまえと激昂してまいりました。

私はそのとき十六歳、元服して間もない世間知らずの若僧でした。皆が荒っぽく男を責めるのを見て、赤くなったり青くなったりしておりました。叔父がそんな私を見て「弥三郎は初陣だったな。初の功名に、この男を斬ってみろ」と申すのです。私はおどろいて飛び上がりました。何の罪もない男を斬るなど、考えられません。

「戦の場では怪しい奴は斬るのが定法じゃ。さもなくばこちらが斬られる。こやつは小西の一党にちがいないわ。お前も侍のはしくれにつらなったからには、人ひとり斬れぬでは話にならんぞ」

叔父はそう言って私に槍を押しつけました。まわりの者も面白がって囃します。

「どうした、臆したか!」

そう言われては私も逃げてばかりはおられません。少々傷を負わせて、もう許してやってくれと頼むつもりで槍を構えました。するとなんとその男は土下座して頭を地にすりつけ「お許し下さいませ! 私には京に妻がおりまする。身寄りのない、哀れな女でございます。どうかお許しくださいませ!」と、男の誇りも捨てた、哀れな姿でした。

「妻が京にいると申したのですか! 妻がと…」

采女が目を見張った。

「妻と言ってくださった…倫之助さまはきっと、武士を捨てて私と一緒に暮らそうとお思いになったのです! それなのにあなたさまは!」

「待て、もそっと聞いてくれい。倫之助どのが土下座して頼まれたことがかえつて良くなかったのかも知れぬ。周りの者たちがあざ笑ってな。槍でついて立たせてしもうた。誰かが三尺ばかりの棒をもってきて、これで相手をせい、と倫之助どのに持たせた。わしは、少々傷を負わせねばこの場はおさまるまいと思うた。父も見ておることじゃから、ほどほどのところで止めに入ってくれるであろう。そう考えて槍を構えた。どうしたものかと槍をしごいておると誰かがわしを後ろからドンと突いた。思わずわしはタタッと前にのめった。

運の悪いときはいたしかたない。ちょうどそのとき、倫之助どのも誰かに押されて前に倒れかかったのだ。双方から飛び出す形になって、わしの槍が倫之助どのに当たった。カチッと音がしたように思う。槍先が何かに当たって、すべった。そして左の胸にささってしまったのだ。

倫之助どのは、びっくりしたようにわしを見て、倒れた。わしは思わぬことに呆然としておった。父があわてて介抱したが、心の臓に槍先が届いたと見えて、手遅れであった。

胸に十字架が下がっておった。ひとすじの傷がついていた。わしの槍先が当たったのだ」

弥三郎は手元の十字架を見た。

「たしかにこの十字架じゃ。あの日から、わしは何度夢で、倫之助どのの顔にうなされたかしれぬ」

采女は肩をふるわせて泣いていた。

「采女」

宮村又七郎が声をかけた。

「麗花と呼んだ方がよいかな。そなたは倫之助を殺したのが誰か、調べたのだな。加賀爪弥三郎だということはじきに知れたであろう。仇を討ちたいと思ったが明宝のことを思うと軽々にはできぬ。ところが、その明宝が流刑になってしもうた。もはやこれ以上失うものはない。恨みを晴らすときがきた。その仇が、たまたま江戸奉行所の役人になっている。役人に傷を負わせた者は伊豆の島へ流される定めがある。あわよくば新島へ流されて明宝―ジュリア・おたあとともに暮らしたい。そう考えて、倫之助の命日である九月二十日に、加賀爪弥三郎を刺した。殺してしまっては自分も処刑されてしまうゆえ、傷を負わせるにとどめた。そういうことじゃな」

「さようでございます。もう今は加賀爪さまをお恨みはいたしておりませぬ。この上はいかようなお仕置きになりましょうとも覚悟はできております」

「この件の吟味、これにて打ち切りといたそう。弥三郎、よいな」

「ハア」

弥三郎は放心したように、うつろな返事をした。牢屋同心が采女を引き立てていった。あたりは薄暗くなっていた。

宮村又七郎は采女の十字架を手にとり、見たことのない倫之助という男を想像した。きっと真面目な、男らしい男だったのだろう。

「弥三郎、この件の始末はわしがいたそう。悪いようにはせん」

「お願い申します」

弥三郎は頭を下げた。一件落着ではある…。だが弥三郎の心には一点の苦い思いが残っていた。あのとき、自分には人を殺してみたいという気持ちがどこかに働いていたのではないか。それゆえに、槍を引くのに一瞬のおくれが生じたのだ…。人はみな心の底に残忍なものを秘めているのではないか。神仏は殺生を禁じ、人は理性で抑えようとするが、抑えきれない野性の衝動、闘争本能が、異常な興奮状態の中でちらっと姿を現したのだ…。

九　采女草紙

霊岸島の船着き場から伊豆の島々へ、流人をのせてゆく船が間もなく出航しようとしていた。

「春とは申せ、風は冷たいのう」

「沖ではさぞ揺れることでしょう」

奉行所から立ち合いに来ていた宮村又七郎と加賀爪弥三郎は、御船手番頭との打ち合わせをすませ、あとは出帆を見送るばかりだった。島送りになる囚人は十六人、采女はその端にいた。

「これを采女に渡してやってくれ」

又七郎から手渡されたのはあの十字架だった。

「切支丹の品としてはご禁制ものじゃが、夫の形見を取り上げるほど我らは無粋でなくともよい、とお奉行が申しておられた。船手番頭にはその旨申してあるゆえ、案ぜずともよい」

弥三郎は手先の者に命じて、十字架を采女の首にかけさせた。采女は手をしばられていて自分ではかけられないのだ。

「夫の形見、お返しくださる。お奉行のお情けじゃ」

「かたじけのうございます」

「いつの日か、ご赦免があるやも知れぬ。明宝ともども身体には気をつけて、息災でいるがよいぞ」

「はい。お心づかい有難うございます」

采女の目に光ものがあった。

囚人たちを乗せた船が岸壁をはなれ、沖へ漕ぎ出した。又七郎が言った。

「采女も明宝とやらも、よくよく不運な星の下に生まれたものよ。気の毒だが、島から戻ってくることはあるまい」

弥三郎はおどろいた。

「ご赦免になることもありましょうが？」

「いや、それはあるまい。大御所さまは切支丹取締りを今後ますますきびしくなさるご意向と、お奉行がチラと申された。切支丹はご政道の妨げとなる。加えて、大坂の秀頼公が、切支丹を味方につけようとしているとの噂がある。天下が大坂にもどれば切支丹おとがめなしという約束でな。江戸にとって、いずれも好ましからぬ。切支丹は早めにつぶしておくに越したことはない。采女たちも早く改宗してご赦免を願い出ればよいが、あの者たちはおそらく改宗はすまいのう」

沖にさしかかった船は波風にゆられ、白いしぶきを上げはじめた。五百石積みの大型船ではあったが、遠い前途を思うと、いかにも頼りなげであった。

弥三郎が独り言のように言った。

「采女のかぶき踊り、それに申楽の舞、いちど見ておきとうござった」

弥三郎は知るよしもなかったが、じつは采女の舞台姿は絵草紙に残されていた。尾張徳川家の姫君が評判を聞いて見たいと仰せになったが、俗なものなので、あたりさわりのないよう絵草紙に描いてお見せしたといわれる。そこに描かれた采女は太刀に寄りかかった立ち姿で、鉢巻をし、首に十字架の首飾り、腰にひょうたんをさげた男姿でありながら女の魅力にあふれている。すぐれた絵師の手になった逸品として名高く、初期歌舞伎の舞台を知る貴重な資料でもあるこの草紙は、今も名古屋の徳川美術館に所蔵されている。

その名は「紙本着色歌舞伎草紙」、一般には「采女草紙」として知られている国指定文化財（重要文化財）である。

（注）このころ江戸町奉行所は一ヶ所だった。

年表　文禄元年（一五九二）　文禄の役
慶長元年（一五九六）　サン・フェリペ号事件
二年（一五九七）　慶長の役
五年（一六〇〇）　関ヶ原の戦い
八年（一六〇三）　家康・征夷大将軍、江戸開幕
十七年（一六一二）　徳川直轄地に切支丹禁教令
十九年（一六一四）　大坂冬の陣　翌年の夏の陣で豊臣家滅亡

著者略歴

柳沢　新治（やなぎさわ・しんじ）

1936年生まれ。名古屋大学法学部政治学科卒。NHKディレクターとして古典芸能・民俗芸能番組（特に能・狂言）を長く担当した。退職後、豊田市能楽堂アドバイザー・能楽ジャーナリストとして執筆、またDVD『能楽名演集Ⅰ・Ⅱ・Ⅲ』（NHKエンタープライズ）などの企画制作にあたる。

著書に『能・狂言の見方楽しみ方』（山川出版）、『喜多七太夫夏の陣』（小説・東洋書院）、『二人の千代子～古賀政男の結婚』（ノンフィクション・筆名・文園社）、『祭りを推理する』（東洋書院）、『能が見たくなる講座 十撰』（檜書店）

狂言太閤記

2015年11月30日発行

著　者　　柳沢新治
発行者　　檜　常正
発行所　　株式会社 檜　書店
〒101-0052 東京都千代田区神田小川町2-1
☎03-3291-2488　FAX03-3295-3554
http://www.hinoki-shoten.co.jp
印刷・製本　藤原印刷株式会社

ISBN978-4-8279-1100-8　Printed in Japan